시간은
다른 얼굴로
되돌아온다

시간은 다른 얼굴로 되돌아온다

네오 클래식 무비 1990~2007

김호영 지음

문학동네

차례

3부 세상의 가장 낮고 어두운 곳에서

4부 폭력과 광기의 시대

프롤로그

이오네스코의 부조리극 〈대머리 여가수〉에서 젊은 부부는 무대에 등장하자마자 "웬 우연의 일치죠!"라는 대사를 수없이 반복한다. 자신들이 부부라는 걸 완전히 잊은 채, 대화를 나눌수록 서로 일치하는 게 너무 많다는 사실에 신기해하는 것이다. 같은 거리에 살고, 같은 건물 6층 8호에 살며, 녹색 이불로 덮인 같은 침대를 쓰고, 심지어 둘 다 한쪽 눈은 하얗고 한쪽 눈은 빨간 두 살짜리 딸이 있는 것 등등. 강박적으로 반복되는 위의 대사는 현대인들의 공허한 인간관계를 풍자하기 위해 일종의 블랙 유머처럼 삽입된 것이지만, 어쨌거나 'coincïdence(일치)'라는 프랑스어 단어에는 단순한 사전적 정의를 넘어 반가움이나 신기함 같은 의미가 강하게 내포되어 있다.

살면서, 기분좋은 반가움으로 우연의 일치라는 말을 내뱉은 적이 별로 없었던 것 같다. 우연이든 일치든, 원치 않는 상황에서 일어나 원치 않는 방향으로 흘러간 게 대부분이었다. 그러다 몇 년 전에 드디어 기분좋은 우연의 일치를 경험했다. 지인들과 식사하다가 『씨네 21』의 편집부로부터 전화를 받았는데, 당시 내가 한창 구상중이던 책과 비슷한 주제의 연재를 제안한 것이다. 불과 20~30년 전에 나왔지만 어느새 고전이 되어버린 영화들, 그러나 여전히 지금 이 시대의 것으로 남아 있는 영화들에 대한 글을 써보면 어떻겠느냐는 의견이었다. "안 그래도 그런 내용으로 책을 준비하고 있긴 한데……" 나는 비교적 담담한 목소리로 머뭇머뭇 수락했지만, 속으로는 반가움과 신기함이 뒤섞인 감정을 주체하기 어려웠다. 마치 누군가에게 내 머릿속을 들킨 것처럼 약간은 당황스러운 전율마저 느껴졌다. 이게 웬 우연의 일치야.

이 책에는 그때 그 순수한 반가움으로, 조금은 달뜬 열정으로 '김호영의 네오 클래식'이라는 섹션에 연재했던 열네 편의 글이 담겨 있다. 또, 개인 사정으로 당초 계획보다 일찍 연재를 끝마칠 수밖에 없었던 아쉬움을 달래며 틈틈이 써두었던 열 편의 글을 추가했다. 모두 써야만 했던 글이 아니라 쓰고 싶었던 글들이고, 때문에 연재를 할 때든 혼자 쓸 때든 글 쓰는 동안만은 가히 몰아沒我의 상태에 빠져들 수 있었다. 고통 같은 희열 속에서 현실의 시간을 건너 영화의 시간으로 넘어갔고, 그 안에서 순간이지만 영원 같은 평온에 침잠할 수 있었다.

스물네 편의 글을 다시 읽고 정리하는 동안 아주 원론적인 한 가지 생각이 줄곧 머리에서 떠나질 않았다. 정말로, 영화란 무엇일까? 영화를 만든다는 것, 본다는 것은 무엇일까? 늘 질문뿐이었고 답은 실마리조차 보이지 않았지만, 그럴 때마다 영화 〈리스본 스토리〉에서 마노엘 드 올리베이라가 들려주었던 소박한 독백이 떠올랐다. 영화는 지나간 시간에 대한 기억이자 그 시간의 그림자라는 것. 지나간 현재에 대해 우리가 떠올릴 수 있는 기억뿐 아니라 떠올릴 수 없는 기억까지 담아서 보여준다는 것. 멀게는 30여 년 전, 가까이로는 16~17년 전 영화들이지만, 여기에 모아놓은 스물네 편의 영화는 모두 저마다의 시간과 그 그림자를 간직하고 있다. 선명하게 떠올랐다가 이내 희미해지고 과거의 것으로 박제되어 있다가 불현듯 되살아나는 시간들을, 그 그림자들을 필름 위에 새기고 있다. 누군가에게는 이미 지나간 영화들이지만, 누군가에게는 여전히 그리고 영원히 새로운 영화들.

책은 여러 우여곡절 끝에 조금 늦게 세상의 빛을 보게 되었다. 출간을 맞아, 잊지 못할 '우연의 일치'의 기억을 남겨주고 연재 내내 굳건한 지지를 보내준 『씨네 21』의 장영업 대표와 송경원 기자께 특별한 감사의 마음을 전한다. 또 책의 구상 단계부터 함께 고민해준 문학동네의 송지선 편집자와 책의 마무리를 위해 노고를 아끼지 않은 이경록 편집자께도 깊이 감사드린다. 둘러보면, 모두 다 각자의 시간을 살고 있다. 우리가 기대고 있는 시간은 혼돈 그 자체다. 영화와 함께 그 혼돈의 바다를 건너고 있는 이들에게 이 책이 조금이라도 위안이 되길 바란다.

2023년 8월

김호영

1부

사랑할 수 없는 걸 사랑하기 위하여

잃어버린 시간을 찾아서

왕가위의 〈아비정전〉

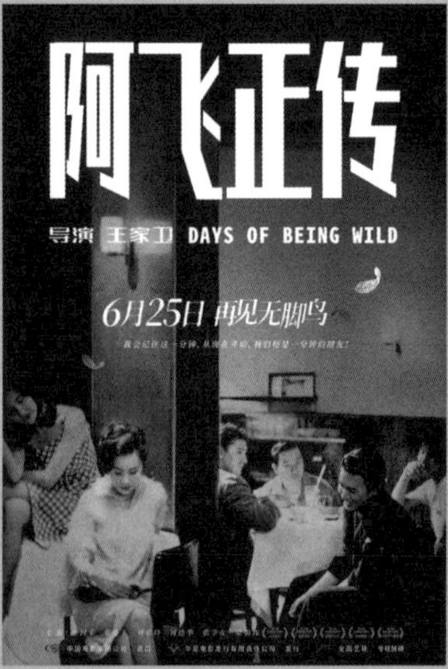

〈아비정전〉(1990)은 아비(장국영)와 수리진(장만옥)이 처음 만나는 장면으로 시작된다. 어느 무더운 오후, 아비는 체육관 매점에서 일하는 수리진에게 콜라를 사며 유혹의 말을 건넨다. 이어서 등장하는 밀림 이미지. 옅은 안개에 싸인 초록의 밀림 풍경이 느리게 이동하는 카메라에 담기고, 그 위로 영화의 제목과 서정적인 기타 선율이 흐른다. 그러고는 다시 아비와 수리진의 이야기가 이어진다. 영화 초반 짧게 나타났다가 사라지는 이 낯선 밀림 이미지는 영화 마지막에 죽어가는 아비가 기차의 창 너머로 바라보는 풍경이다. 그러니까 영화는 처음부터 그 끝을 보여준 것이다. 시작하자마자 주인공의 죽음을 암시하는 구조는 영화 속 아비의 마지막 독백을 떠올리

게 한다. '어디로도 갈 수 없었던 발 없는 새, 처음부터 죽어 있었던 새.'

각자의 시간을 사는 인물들

영화의 배경은 1960년대 초 홍콩. 아비와 수리진은 연인 사이다. 아비가 미래에 대한 계획 없이 단순한 동거에 머무르려 하자, 실망한 수리진은 그를 떠난다. 얼마 후 아비는 댄서 루루(유가령)를 유혹하는데, 소극적인 수리진과 달리 그녀는 어떻게 해서든 아비와의 관계를 이어가려 한다. 한편, 아비를 잊지 못하고 그의 집 근처에서 배회하던 수리진은 순찰중인 한 경찰(유덕화)과 우연히 얘기를 나누게 되고 조금씩 상처를 극복해간다. 경찰은 그녀에게 호감을 느끼고 관계를 발전시키려 하지만, 연락이 끊기자 포기하고 선원이 되어 홍콩을 떠난다. 영화 후반부에 아비는 태어나자마자 자신을 버린 친모를 찾아 필리핀으로 향하는데, 친모로부터 만남을 거절당하자 낙심한 채 거리를 방황한다. 그는 위조 여권을 구해 필리핀을 떠나려다 폭력 사건에 휘말리게 되고, 결국 기차 안에서 괴한이 쏜 총에 맞아 숨진다.

영화는 처음부터 끝까지 강박적으로 '시간'을 강조한다. 아비는 수시로 시간을 묻거나 말하고, 여러 번 시계가 클로즈업되어 화면을 점령하며, 틈틈이 어디선가 초침 소리가 들려온다. 마치 일정한 속도로 진행되는 시간의 구조가 삶을 온전히 통제하고 있는 것처럼 보인다. 그러나 영화가 진정으로 강조하고 싶은 것은 규칙적이고 객관적인 시간이 아니다. 그와 정반대로, 불연속적이고 주관적인 시간이다. 영화 속 인물들이 모두 각자의 시간을 살고 있기 때문이다. 수리진은 아비에게 처음 호감을 느낀 그 일 분을 잊지 못하고 힘들어한다. "순간이란 정말 짧은 시간인 줄 알았는데, 때로는 오랜 시간이 될 수도 있네요"라고 고백할 만큼 일 분은 영원처럼 남아서 그녀를 괴롭힌다. 아비는 매 순간 거대한 과거에 짓눌려 산다. 그에게 현재란 무의미한 반복의 연속일 뿐이며, 먼 과거의 시간으로 돌아가 생의 첫 순간과 마주하는 것만을 꿈꾼다. 경찰과 루루도 이들과 다르지 않다. 이들은 모두 같은 시간대를 지나고 있지만, 동시에 각자의 시간을 살고 있다.

영화는 이처럼 주관적이고 개인적인 시간을 다양한 방식으로 표현한다. 가령, 경찰과 수리진의 에피소드에서 빠르게 이어지는 동일한 장소의 숏들은 사실 매번 다른 날 저녁의 만남을 보여주는 장면들이다. 서로와의 시간을 초조하게 기다리는 두 사람의 마음이 빠르게 바뀌는 저녁 풍경들을 통해 강조된다. 또, 친모와의 만남을 거절당한 채 뒤돌아 나오는 아비의 뒷모습을 긴 슬로모션으로 보여주는 장면은 그 짧은 순간을 오랫동안 기억할 수밖에 없는 그의 안타까운 심정을 담고 있다. 때로는 쏜살같이 지나가고 때로는 정지된 듯 천천히 흐르며, 한 번에 긴 시간대를 뛰어넘다가도 처음으로 되돌아오는 시간. 이 불규칙적이고 주관적인 시간은 이후로도 왕가위의 영화를 지배하는 중요한 요소다.

그런데 자세히 들여다보면, 영화 속 인물들이 살고 있는 시간은 모두 '과거'에 침식당해 있다. 아니, 이들은 모두 현재가 아닌 과거를 살고 있다. 왕가위의 영화에서 시간은 그 자체로 과거를 의미한다. 시간은 매 순간 현재와 과거로 나뉘지만, 모두들 눈앞의 현재를 외면한 채 가깝거나 먼 과거의 시간 속에서 헤매고 있는 것이다. 〈동사서독〉(1994)의 동사와 서독도, 〈중경삼림〉(1994)과 〈타락천사〉(1995)의 주인공들도 과거의 기억과 감정에서 벗어나지 못하고 방황한다. 모두 과거에 사로잡힌 채, 현재를 의미가 박탈된 공허한 시간으로 흘려보낸다. 이런 텅 빈 시간, 유예된 시간 속에서 사랑이 제대로 이루어질 리 없다. 각자 다른 시간대를 살아가는 인물들이 우연히 현재의 어느 시점에서 만나 서로 가까워진다 해도 진정한 결합을 이루어낼 수는 없다.

상실의 감정, 혹은 상실한 시간의 복원

〈아비정전〉은 '상실'에 관한 영화이기도 하다. 주인공들은 모두 자신에게 소중한 것을 잃었고 그 상실의 감정 때문에 고통스러워한다. 상실은, 영화를 만든 감독의 감정일 수도 있다. 영화 내내 잃어버린 시간과 잃어버린 정서를 복원하려 애쓰기 때문이다. 무엇보다 다양한 사물과 공간들이 시간과 정서를 되살려내는 기호로 쓰인다. 루루와 수리진이 피우던 '크레이븐 A' 담배, 아비의 클래식 자동차, 주인공들이 얘기를 나누던 '퀸즈 카페', 늘 비가 내리던 텅 빈 밤거리, 거기에 더해지는 사비에르 쿠가트의 맘보 음악 등등…… 이 모든 시청각 기호들은 다채로운 문화와 삶의 양식이 뒤섞이고 불안과 절망, 무기력의 감정이 교차하던 1960년대 홍콩의 정서를 완벽하게 부활시킨다. 감독의 말처럼, "〈화양연화〉가 1960년대 일상생활의 복원에 충실한 영화라면 〈아비정전〉은 그 시대 청춘이 느꼈을 감정의 복원에 더 집중한 영화"인 것이다.

상실의 감정에 시달리는 인물들과 상실한 시간을 복원하려 애쓰는 감독. 이들 모두는 상실이라는 감정의 선을 따라, 그 선 위에서 움직인다. 그리고 그 선은 관객의 감정선과 만난다. 살면서, 어느 누가 상실의 고통을 경험하지 않았으랴. 어느 누가 현재를 부정하고 과거의 시간 속에서 헤매지 않았으랴. 감독은 관객이 스스로 상실의 감정을 소환하는 것을 돕기 위해 세심하게 영화적 장치들을 꾸며놓는다. 내러티브를 느슨하게 이완하거나 분절하고, 이미지와 사운드의 감각적인 물질성을 영화 전면에 내세운다. 그렇게 감각이 지연된 의미를 대체하는 지점에서, 마침내 관객이 묻어두었던 상실의 기억을 되살려낼 수 있도록 이끈다. 영화 〈아비정전〉이 낯선 스타일에도 불구하고 시간이 지날수록 보편적 지지를 얻을 수 있었던 것은 인물과 감독, 관객이 공유하는 이 상실의 감정 덕분이다.

영화가 세상에 나온 후 한참 뒤에, 우리는 한번 더 커다란 상실을 경험하게 된다. 배우 장국영의 갑작스러운 죽음 때문이다. 아비를 연기한 배우가 아니라 아비 그 자체였던 그는, 영화 속 아비처럼 어느 날 스스로 죽음을 선택했다. 영화를 보며 상실의 감정을 공유했던 관객들은 그의 죽음으로 영화 전체를 상실하는 충격에 빠질 수밖에 없었다. 그러나 그 반대일 수도 있다. 그의 죽음이 영화를 영원한 현재로 만들어놓았을 수도 있기 때문이다. 그의 늙음과 쇠락을 보지 못하기에 우리는 그를 영원히 아비로 기억할 것이다. 아마, 그도 알고 있었을 것이다. 자신의 삶이 끝나는 지점에서 영화가 다시 시작되어 영원한 현재로 지속될 거라는 사실을.

사랑한다면 이들처럼

레오스 카락스의 〈퐁네프의 연인들〉

소설 『콜레라 시대의 사랑』의 마지막 장면에서 강을 향해 뱃머리를 돌리던 선장은 유일한 승객인 칠십대 노인에게 언제까지 여행을 계속할 거냐고 묻는다. 선박회사의 회장이기도 한 노인은 평생 흠모해오던 네 살 연하의 여인과 단둘이 여행중이다. 그는 주저 없이 53년 7개월 동안 준비해온 대답을 내놓는다. "우리 목숨이 다할 때까지."

영화 〈퐁네프의 연인들〉(1991)은 낭만적이기도 하고 씁쓸하기도 한 이 소설의 마지막 장면을 나름의 방식으로 차용한다. 영화의 끝 무렵 센강에 빠진 알렉스(드니 라방)와 미셸(줄리엣 비노쉬)은 지나가는 배에 의해 구조되는데, 배에는 마치 소설에서 튀어나온 듯한 노부부만 타고 있다. 강을 따라 모래를 운반하는 일을 하는 부부는 이번이 마지막 여행이라고 말하고, 어디까지 가느냐는 미셸의 물음에 "끝까지"라고 짧게 답한다. 두 젊은 연인은 멀어져가는 파리의 야경을 바라보다가, 마침내 도시를 버리고 그들의 여행에 동참하기로 한다.

온몸으로 구현되는 감정의 서사

〈퐁네프의 연인들〉(1991)은 레오스 카락스의 세번째 장편영화다. 〈소년, 소녀를 만나다〉(1984)와 〈나쁜 피〉(1986)로 전 세계 영화팬들을 사로잡았던 카락스는 오랜 준비 끝에 이 영화를 발표했다. 영화의 무대는 센강의 퐁네프다리. 공사로 통행이 금지된 이곳에 노숙자 차림의 두 남녀가 흘러들어온다. 한 사람은 줄곧 거리의 삶을 살아온 곡예사 알렉스이고, 다른 한 사람은 실연의 상처와 시력을 잃은 고통을 이기지 못해 집에서 뛰쳐나온 화가 미셸이다. 전혀 어울릴 것 같지 않던 두 사람은 외로움을 매개로 조금씩 가까워진다. 알렉스의 순수한 감정 표현에 미셸은 닫혀 있던 마음을 열게 되고, 그와 함께 사랑의 열정과 생의 기쁨을 되찾아간다. 그러던 어느 날, 미셸은 시력을 회복시켜줄 약이 개발되었다는 소식에 그를 속이고 몰래 떠난다. 남겨진 알렉스는 충격을 이기지 못해 방황하다가 방화죄로 체포되어 3년 동안 수감생활을 한다. 시간이 흐른 뒤 미셸이 교도소로 찾아와 재회를 약속하고, 두 사람은 크리스마스 자정에 퐁네프다리에서 만난다. 하지만 또다시 무언가를 숨기고 있는 미셸에 분노한 알렉스가 그녀를 끌어안고 센강으로 뛰어든다.

이 격정적인 사랑 이야기는 무엇보다 인물들의 '몸'을 통해 전달된다. 특히 문명 바깥의 존재인 알렉스는 자신의 모든 감정을 행동과 소리로 표현한다. 뜨거운 사랑의 감정은 쏟아져 나오는 괴성과 몸짓, 질주로 분출되고, 상대에 대한 미움은 곧바로 폭력으로 이어지며, 그런 자신에 대한 혐오는 깨진 병으로 온몸을 자해하거나 아스팔트 바닥에 머리를 짓이기는 행위로 표현된다. 사랑하는 이의 배신으로 인한 고통은 총을 쏴서 자신의 손을 부숴야만 떨쳐낼 수 있다. 어떤 필터도 거치지 않고 그대로 얼굴에 배어나오는 기쁨과 슬픔, 고독의 표정들. 그의 이 단순하고 솔직한 감정 표현에 문명 내부의 존재였던 미셸도 점점 이끌리게 된다. 그와 가까워질수록 그녀 역시 점차 언어라는 인위적 표현 수단을 내려놓고 온몸으로 내면의 감정들을 표출하게 된다.

카락스가 이처럼 배우들의 몸을 가장 중요한 표현수단으로 삼은 이유는 '언어'에 대한 불신 때문이다. 그는 평소에도 언어란 진실을 조작하고 은폐하는 텅 빈 기호일 뿐이라는 의견을 자주 표명했었다. 실제로 언어는 문법과 사전(어휘목록)으로 이루어진 하나의 관념 체계이자 사회적 규약이다. 우리가 언어를 통해 무언가를 말한다는 것은 매 순간 문법과 사전이라는 규약을 의식하고 따른다는 것을 의미한다. 내면의 감정도 언어를 통해 표현될 때에는 보이지 않는 검증단계를 거치면서 정돈되거나 수정된다. 그러나 몸을 통한 감정의 표현은 이러한 자기 검열의 과정을 거치지 않는다. 몸짓과 소리 같은 신체언어는 내면 깊은 곳에 숨어 있는 다양한 감정들을 있는 그대로 끌어내 왜곡이나 교정 없이 보여줄 수 있다.

자발적 비非성년의 사랑

한때 '누벨 이마주' 또는 '네오 바로크' 그룹으로 분류되던 카락스는 이 영화에서도 그 명성에 걸맞게 감각적이면서도 화려한 이미지들을 선보인다. 때로는 강렬하고 때로는 섬세하며 때로는 회화적이기까지 한 이미지들은 주인공들의 다양한 감정들을 대변할 뿐 아니라, 대사와 몸짓이 미처 다 전달하지 못하는 미묘한 시정詩情까지도 표현해낸다. 예를 들어, 알렉스가 곡예를 하며 뜨거운 불을 뿜어내는 장면과 센강을 배경으로 펼쳐지는 엄청난 규모의 불꽃놀이 장면은 주인공들의 억눌린 욕망과 광적인 열정을 상징적으로 나타내는 이미지들이다.

또한 감독의 전작들에서와 마찬가지로, 이 영화에서도 주인공은 사회 혹은 성인 세계로의 진입을 거부하는 자발적 '비-성년들'이다. 이들은 신체적으로 성인이지만 정신적으로는 성년과 미성년의 중간단계에 머물러 있고, 사회적 통제가 미치지 않는 공간을 찾아 그 안에 숨어 지낸다. 섹스를 포함한 성인의 행동들을 유보하고, 사회적 소통수단인 언어 대신 몸짓과 소리를 통해 감정과 생각을 교환한다. 특히 알렉스의 몸은 영화 내내 늘 어디 한군데가 다치거나 부러져 있는데, 마치 정상적 인간의 삶을 온몸으로 거부하는 것처럼 보인다. 하지만 두 사람 사이에는 결정적인 차이가 존재한다. 알렉스가 스스로 성인 세계를 거부하고 영원히 바깥에 머무르려는 것과 달리, 미셸은 단지 일시적으로 일탈해 있기 때문이다. 그녀는 본능에 충실한 야생적 삶에 희열을 느끼면서도 언젠가 사회로 돌아갈 희망의 끈을 놓지 않고 있다. 이러한 차이는 둘 사이에 뛰어넘을 수 없는 간극을 만들어내고, 미셸로 하여금 끊임없이 갈등하고 주저하게 만든다. 또 두 사람이 온몸으로 감정을 주고받으면서도 끝내 진정한 소통에 이르지 못하는 이유가 된다.

영화 〈퐁네프의 연인들〉의 라스트신은 자연스럽게 영화 〈졸업〉(마이크 니콜스, 1967)의 라스트신을 떠올리게 한다. 영화의 마지막 순간 주인공 벤자민은 사랑하는 여자의 결혼식에 뛰어들어 신부복을 입은 그녀를 데리고 도망쳐나온다. 그리고 지나가는 버스에 올라타 어디론가 떠나는데, 나란히 앉은 두 사람의 얼굴에는 이내 미소가 사라지고 알 수 없는 감정들이 교차한다. 〈퐁네프의 연인들〉의 라스트신에서도 두 남녀는 지나가는 배에 올라타 어디론가 떠난다. 마지막 여행을 하는 노부부를 따라 끝까지 가보기로 하고 만족스러운 미소를 짓는데, 나란히 앉은 이들의 얼굴에 찰나의 순간이지만 알 수 없는 감정들이 스쳐 지나간다.

이들은 정말로 파리를, 성인들의 세계를 떠나게 될까? 다시 전처럼 뜨겁게 사랑하면서 영원히 함께 있게 될까? 경쾌한 음악과 함께 영화의 엔딩 크레디트가 올라가던 중 갑자기 희미한 소음이 들려오기 시작한다. 자동차 소리가 뒤섞인 이 불분명한 도시의 소음은 엔딩 크레디트가 끝날 때까지 사라지지 않고 계속된다. 어쩌면 그들은 다시 현실의 벽에 부딪힐지 모른다. 결국은 그들의 사랑이 한때의 꿈이었다는 걸 깨닫고 각자의 영역으로 돌아가 기다릴지 모른다. 적어도, 칠십이 될 때까지는.

생의 그늘을 비추는 죽음의 빛

고레에다 히로카즈의 〈환상의 빛〉

고레에다 히로카즈의 〈환상의 빛〉(1995)은 영화사상 가장 아름다운 데뷔작 중 하나로 평가받지만, 정작 감독은 그런 찬사에 심드렁하다. 원작의 이야기로부터 자유롭지 못했고, 촬영 현장의 즉흥성과 영화의 생성 과정을 중요시하는 그의 영화 철학도 제대로 반영되지 않았다고 보기 때문이다. 감독 스스로 자신의 필모그래피에서 다소 비켜나는 작품이라고 간주하는 이 영화는 그러나 오직 그만이 만들어낼 수 있는 영화이기도 하다. 삶에 내재된 죽음, 남겨진 이의 이야기, 순환하는 시간, 가족에 대한 단상 등 이후로 그의 영화를 특징지을 요소들이 서늘한 침묵 속에서 아름다운 영상을 매개로 정교하게 교합되어 있다. 원작에서 작가 미야모토 테루가 "말로는 설명할 수 없는 것을 말로써 직조"해가려 했다면, 영화에서 감독은 말로 설명할 수 없는 것을 이미지로 한 땀 한 땀 섬세하게 직조해간 것이다.

생의 어둠과 죽음에의 미혹迷惑

도시 변두리에 사는 유미코(에스미 마키코)는 성인이 되어서도 어릴 적 행방불명된 할머니의 기억에 시달린다. 갑자기 집을 떠나는 할머니를 자신이 제대로 막지 못했다고 여기기 때문이다. 그녀는 동네 친구였던 이쿠오(아사노 타다노부)와 결혼한 후 삶의 소소한 기쁨들을 맛보지만, 행복한 시간은 그리 오래가지 못한다. 젊은 남편이 그녀와 갓 태어난 아기를 남겨둔 채 달려오는 기차에 몸을 던져 자살한 것이다. 가늠조차 할 수 없는 이유로 사라진 남편의 기억에 괴로워하던 그녀는 몇 년 후 외딴 바닷가 마을에 사는 한 남자(나이토 타카시)와 재혼한다. 그에겐 몸이 불편한 늙은 아버지와 어린 딸이 있다. 그녀는 낯선 환경과 새로운 가족에 적응하며 조금씩 평온을 되찾지만, 한편으로는 여전히 죽은 전남편의 기억에서 벗어나지 못한다.

주인공 유미코가 살고 있는 생의 공간에는 항상 어두운 그늘이 드리워져 있다. 그녀의 회상 속 유년기 공간은 어두컴컴한 터널 속이고, 신혼집 단칸방도 자주 캄캄한 어둠에 묻혀 있다. 또 여자가 재혼한 시골 바닷가의 오래된 집도 늘 냉랭한 그늘에 싸여 있다. 창문으로 들어오는 엷은 빛으로 간신히 사위四圍를 구분할 수 있는 어둠 속에서, 그녀는 밥을 짓고 아이를 씻기고 청소를 하며 하루하루를 살아간다. 그녀의 생의 공간들마다 서려 있는 이 그늘은 살아가는 일의 고달픔을 나타낸다. 그녀는 늘 엷은 미소를 짓고 있지만, 눈을 뜨면 찾아오는 힘겨운 생의 시간들과 매일 마주해야 한다. 그녀는 어릴 때부터 가난했고 성인이 되어서도 빈한한 삶에서 크게 벗어나지 못했다. 그리고 결혼한 지 얼마 안 돼 다정했던 남편이 아무런 설명 없이 생을 마감했다. 삼 개월 된 아기만 남긴 채.

그녀의 삶에 가장 깊은 그늘을 만들어내는 것은 무엇보다 갑작스러운 남편의 죽음이다. 술도, 도박도 하지 않고 성실하게 집과 일터만 오가던 남편은 어느 날 갑자기 죽음의 세계로 건너가버렸다. 퇴근길에 동네 카페에 들러 커피를 마신 후, 무언가 생각났다는 듯 기찻길에 올라 선로를 따라 걷다가 달려오는 기차를 피하지 않고 그대로 즉사해버렸다. 매일 매 순간 생각해봐도 도무지 이유를 알 수 없는 죽음, 마치 건널목을 건너듯 이승에서 저승으로 건너가버린 남편의 죽음이 그녀를 슬픔보다 더 깊고 무거운 침묵에 빠지게 만든다. 도저히 이해할 수 없는 죽음의 불가해함이 삶의 모든 순간들마저 불가해한 것으로 바꾸어놓는다.

그런데 죽음은 그렇게 갑작스럽고 낯선 것이 아닌지도 모른다. 어쩌면 우리 삶에 보이지 않게 겹쳐져 있는 또하나의 세계 혹은 현실인지도 모른다. 영화 내내 화면을 장악하고 있는 수많은 작은 틀들, 즉 문, 창문, 통로 들은 우리 삶에 내재되어 있는 죽음의 표지들이다. 삶의 이면에 바싹 붙어서 끊임없이 우리를 유혹하고 있는 죽음의 입구들이다. 아이러니하게도, 그 죽음의 문턱들은 영화 내내 밝게 빛나고 있다. 감독의 두번째 영화 〈원더풀 라이프〉(1999)에서 사후 세계의 입구가 시종일관 밝고 아련한 톤으로 묘사되는 것처럼, 이 영화에서도 죽음의 세계로 통하는 입구는 내내 환하고 따뜻한 빛으로 채워져 있다. 그 밝고 환한 빛의 세계로 그녀의 할머니도, 그녀의 남편도 홀린 듯 사라져버렸다. 동네 어귀의 좁고 어두운 터널을 지나 이웃 동네에 놀러가듯, 가벼운 발걸음으로 떠나가버렸다.

시간은 조금 다른 곳으로 되돌아온다

남자는 생에 대해 치열하게 갈등하고 있었는지도 모른다. 공장에 다니고 결혼을 하고 아이를 낳을 때까지, 그는 남들처럼 주어진 생을 열심히 살려 했을 것이고 삶에 대한 애착도 있었을 것이다. 옆방 노인의 시끄러운 라디오 소리를 불편해하기보다 노인이 살아 있는 신호로 받아들이는 그의 태도는 생의 소중함을 알고 있는 이의 모습이다. 하지만 그에겐 삶이 너무 버거웠는지도 모른다. 아무 목적 없이 살던 생에 그녀가 들어오고 아이까지 생기면서, 생의 무게에 한없이 짓눌리고 있다는 느낌을 받았을 수도 있다. 자살하던 날 집에 잠시 들르는 장면에서, 그는 화면을 꽉 채운 간판들과 건물 벽 사이를 자전거를 타고 간신히 빠져나온다. 그리고 다시 집을 떠날 때에는 자전거를 세워둔 채 홀가분한 몸짓으로 텅 빈 거리를 걸어간다. 영화에 단 한 번 등장하지만 소설에서는 남자가 종종 심한 사시斜視를 겪는 것으로 묘사되는데, 이런 불규칙한 생리현상은 그가 자신도 모르게 바깥 세계를 보고 있다는, 즉 현실이 아닌 다른 세계를 경험하고 있다는 것을 암시한다.

반면, 여자는 줄곧 삶을 향해 나아간다. 어린 아들의 손을 잡고 재혼하러 집을 떠날 때 그녀는 남편이 사라진 터널과 반대 방향으로 걸어가며, 남편이 따라 걸었던 선로를 가로질러 플랫폼에 오른다. 그리고 한 번도 가본 적 없는 먼 시골 바닷가 마을로 떠난다. 살기 위해, 생의 무게를 버티기 위해, 미지의 환경과 생면부지의 사람들을 삶의 '틀'로 받아들이는 그녀. 그녀는 그 새로운 틀에 조금씩 적응하면서 무너진 생을 되돌리기 위해 필사적으로 매달린다. 하지만 그녀는 여전히 기억이라는 또다른 틀 안에 갇혀 있다. 가족은 그녀 스스로 선택한 틀이지만, 기억은 아무리 발버둥쳐도 벗어날 수 없는 감옥 같은 틀이다. 영화 후반, 새로운 가족의 울타리 안에서 조금씩 일상의 조각들을 쌓아올리던 그녀가 집요하게 그녀를 감싸오는 죽음의 유혹에 한순간 휘청거린다. 눈보라가 몰아치는 차가운 겨울 오후에 홀로 마을을 배회하다가, 무언가에 홀린 듯 바닷가의 장례 행렬을 따라나선다. 검푸른 하늘과 잿빛 대지 사이에 가는 띠처럼 나 있는 푸른 바다. 그 바다 위를 걷듯, 하늘과 땅 사이의 길을 따라 이동하는 길고 느린 장례 행렬. 숨 막힐 듯 아름다운 이 장면에서 그녀는 결국 그녀의 기억을 점령했던 전남편을 좇아 이승에서 저승으로 홀연히 넘어갈 것만 같다.

다행히, 그녀는 몸을 돌려 다시 생으로 돌아온다. 그녀를 찾으러 온 두번째 남편의 얘기처럼, 죽음의 유혹은 누구에게나 그리고 아주 평범한 일상의 순간에 일어날 수 있는 일일지도 모르기 때문이다. 우리의 넋을 빼앗는 '불온한 빛'은 거세게 몰아치는 파도 위에서가 아니라, 고요하게 흐르는 잔물결 위에서 반짝이고 있는 건지도 모른다. 마침내, 틀의 의미도 변화한다. 영화가 거의 끝날 무렵, 그녀는 여느 때처럼 어두운 실내를 지나 환한 빛이 들어오는 문 사이로 들어간다. 그리고 이미 그곳에 있던 노인 옆에 쭈그리고 앉는다. 영화 내내 그랬던 것처럼, 두 사람은 또다시 작은 틀 안에 갇힌 모습이다. 그런데 이어지는 숏에서 다른 각도로 바라본 두 사람은 문 안에 갇혀 있는 게 아니라, 문을 등지고 마루에 앉아 탁 트인 바다와 마을을 바라보고 있다. 이제 그녀는 틀 안에서, 혹은 틀을 넘어 그녀만의 드넓은 세계를 갖게 된 것이다.

영화의 마지막 순간 멀리 마을 끝에서 새아버지에게 자전거를 배우는 아이의 모습이 그녀의 눈에 들어온다. 과거의 남편은 생의 끝에서 자전거를 버리고 죽음의 길을 떠났지만, 그새 자라난 아이는 다시 자전거를 타며 새로운 생을 시작하고 있다. 고레에다의 영화에서 시간은 직선으로 흘러가는 것이 아니라 원을 그리며 순환하는 것이다. 그의 표현처럼 "한 바퀴 돈 다음 조금 다른 곳에 착지하는" 시간, 언젠가는 처음으로 돌아와 다시 시작되는 시간이 우리로 하여금 지난하고 불가해한 생을 견디게 해준다. 사계절의 순환이 아니더라도, 날마다 되돌아오는 평범한 일상의 시간들이 끊임없이 우리를 유혹하는 죽음과 담담히 대면할 수 있게 해준다.

사랑을 잃고 나는 쓰네

허우 샤오시엔의 〈호남호녀〉

허우 샤오시엔의 영화에는 유독 이별과 죽음이 자주 등장한다. 누군가는 병으로 가족을 잃고, 누군가는 사랑하는 이와 이별하며, 누군가는 시대의 광기에 휩쓸려 사라진다. 영화 〈호남호녀〉(1995) 역시 사랑하는 사람의 죽음으로 뜻하지 않은 이별을 겪는 두 여인의 이야기다. 한 사람은 폭력의 세계에 만연한 죽음을 피하지 못했고, 한 사람은 무자비한 전체주의의 광풍에 희생되었다. 사적 죽음과 역사적 죽음을 모두 품고 있는 이 영화는 허우 샤오시엔의 영화 여정에 중요한 변화를 가져온 작품이기도 하다. 이 영화에서 그는 줄곧 과거로 향해 있던 시선을 돌려 현재를 바라보기 시작했고, 그동안 지켜오던 보편적인 시간 구조에서 벗어나 상대적인 시간의 세계로 나아간다.

혼돈의 시대, 혼돈의 역사

여배우 리앙 칭(이능정)은 3년 전에 죽은 애인 아웨이(고첩)를 잊지 못한다. 당시 그녀는 바의 호스티스였고 그는 조직폭력배의 일원이었다. 그는 그녀가 보는 앞에서 총에 맞아 목숨을 잃는다. 현재 그녀는 배우가 되어 영화 〈호남호녀〉에 출연할 예정이지만, 촬영이 지연되어 답답한 시간을 보내고 있다. 매일 미지의 인물로부터 전화와 팩스를 받는데, 팩스에는 잃어버린 그녀의 일기장 내용이 적혀 있다. 영화 속 영화인 〈호남호녀〉의 배경은 1940년대 대만. 치앙 비유(이능정)는 청하오퉁(임강)과 결혼한 후 그를 따라 중국 본토로 건너간다. 일제에 저항하는 반군에 합류하기 위해서다. 정작 반군은 그들을 일본인 스파이로 간주해 처형하려 하지만, 다행히 지인의 도움으로 구출된다. 해방이 되자 대만으로 돌아온 두 사람은 불평등한 계급 구조를 타파하기 위해 계몽운동을 펼친다. 그러나 1949년 5월 국민당이 계엄령을 선포하면서 좌파 지식인들을 잡아들이고 부부 역시 체포되어 옥살이를 한다. 6개월 후 치앙 비유는 풀려나지만, 주동자였던 청 하오퉁은 사형 선고를 받고 이듬해 처형된다.

흑백 영상으로 전개되는 영화 속 영화 이야기는 대만 역사에서 가장 혼란스러웠던 시대를 배경으로 한다. 일제 식민지 말기에서 해방을 거쳐 국민당 정권으로 이어지는 이 격동의 시기에 주인공 치앙 비유와 청 하오퉁은 불행과 불운을 반복한다. 순수한 애국심으로 반군에 참여하지만 동포의 불신으로 목숨을 잃을 뻔하고, 가난한 이들을 위해 집까지 팔아가며 계몽운동을 펼치지만 돌아온 것은 감금과 처형이었다. '대만 근대사 3부작'의 전작들(〈비정성시〉와 〈희몽인생〉)에서 보여준 것처럼, 허우 샤오시엔은 이 영화에서도 기존의 공식화된 역사관에서 벗어나 그만의 시각으로 과거를 되돌아본다. 1945년 해방이 해방이 아니라 국민당 정권에 의한 새로운 식민주의의 시작이었음을, 당시 진정한 갈등은 대만인과 일본인 사이의 갈등이나 본성인(대만 원주민)과 외성인(본토에서 온 이주민) 사이의 갈등이 아니라 소수의 지주계급과 다수의 소작농계급 사이의 갈등이었음을 강조한다.

과거의 장면들과 달리, 현재의 장면들은 어둡고 탁한 조명의 컬러 영상으로 구성되어 있고 모두 실내에서 촬영되었다. 주인공 리앙 칭이 매일 숙취에서 깨어날 만큼 알코올의존증에 빠져 지내는 것이 현재 일어나고 있는 사건의 전부다. 즉 영화 속 현재에는 시대와 사회로부터 유리된 채 내부에 갇혀 오로지 욕망하거나 절망하고 있는 인물들만이 존재한다. 그런데 언뜻 이질적인 것처럼 보이는 과거와 현재는 실제로 묘하게 닮아 있다. 장면이 거듭될수록, 과거의 인물들과 현재의 인물들은 서로 점점 더 가까워지고 중첩된다. 과거와 현재의 두 여인을 동시에 연기하는 배우 이능정의 존재 자체가 자연스럽게 두 인물 사이에 동질감을 낳고, 영화 속 인물인 리앙 칭도 무한히 연기되는 촬영을 기다리면서 "자신이 마치 극 중의 치앙 비유인 것처럼 느껴진다"라고 말한다. 또 치앙 비유와 리앙 칭 모두 사랑하는 사람의 죽음으로 고통을 받고, 둘 다 아이를 원하면서도 현실적인 이유로 갖지 못한다. 과거와 현재가 교차할 때마다 끊어지지 않고 계속 이어지는 리앙 칭의 내레이션은 마치 한 인물이 현재의 시점에서 과거를 회상하는 듯한 느낌을 만들어내기도 한다.

나아가 과거에서나 현재에서나, 영화 속 인물들은 끊임없이 정체성 혼란에 시달린다. 민족의 해방이 최우선 가치였던 과거 인물들에게 민족은 하나의 모습으로 다가오지 않으며, 서로가 서로를 불신하고 억압한다. 대만어, 광둥어, 북경어 등 서로 사용하는 언어도 달라 수시로 소통의 어려움과 언어적 혼란을 겪는다. 마찬가지로, 리앙 칭은 현재에 존재하지만 정신은 3년 전 과거에 머물러 있고 현재의 애인과 정사를 나누면서도 과거의 애인을 떠올린다. 기억과 현실과 상상 사이에서 방황하며 혼돈 속을 헤맨다. 시대가 바뀌어도 사라지지 않는 이 지긋지긋한 정체성 혼란은 어디서 비롯되는 걸까? 주체도, 타자도 될 수 없었던 기나긴 피지배의 역사 때문일까? 증오와 동경을 동시에 품을 수밖에 없었던 식민지인들의 서글픈 유산 때문일까? 막상 현재에 뛰어들었지만 꼼짝 않고 바라보기만 하는 감독의 굳은 시선에는 우리도 공감할 수밖에 없는 깊은 슬픔이 배어 있다.

감정이 주인공인 영화

허우 샤오시엔은 이 영화에서 기존 연대기적 방식에서 탈피해 혼돈의 형태로 시간을 구성한다. 특히 현재 이야기에서 시간은 정확한 전후 관계를 알 수 없게 뒤섞여 있다. 아웨이라는 인물의 존재 유무에 따라 3년 전 과거와 현시점만이 구분될 뿐, 현재의 장면들은 아무런 지표 없이 흐트러져 있다. 이 영화를 기점으로, 허우 샤오시엔은 비로소 서구의 근대적 시간관으로부터 벗어난다. 그의 영화에서 시간은 더이상 일정한 간격에 따라 진행되는 규칙적인 체계가 아니며, 경험하는 주체에 의해 상대적이고 주관적인 방식으로 형성되는 무정형의 범주가 된다. 주인공의 감정 혹은 정신 상태에 따라 확장되기도 하고 축소되기도 하며 지나간 사건들에 의해 점령되거나 아예 삭제되기도 하는 시간. 이러한 시간 구조는 당연히 서사적 인과관계와 개연성 또한 모호하게 만든다. 영화에 나타나는 사건들은 모든 해석에 열려 있으며, 관객은 그 어느 것에 대해서도 진실을 장담할 수 없다. 가령 영화 속 영화인 〈호남호녀〉의 경우, 현재의 이야기와 무관하게 감독이 들려주는 이야기인지 아니면 주인공 리앙 칭이 자신이 찍을 영화의 내용을 미리 전하는 이야기인지 누구도 확언할 수 없다. 또, 리앙 칭에게 걸려온 전화와 팩스는 사실이 아니라 온전히 그녀만의 상상일 수 있다.

그런데 이처럼 정확한 시간대를 알 수 없는 장면들의 이면에는 그 모두를 가로지르며 서로 연결해 주는 특별한 박판薄板 같은 것이 있다. 바로 '감정'의 박판이다. 허우 샤오시엔은 다양한 형식들을 동원해, 관객이 영화 내내 인물과 일정한 거리를 유지하면서도 한편으로는 인물의 내부에서 발생하는 감정에 동화될 수 있도록 이끈다. 즉 독특하면서도 서정적인 음악, 보이스오버 내레이션, 롱테이크 고정 카메라, 프레임 안의 프레임 등을 이용해 흩어진 현재의 시간들과 모호한 과거의 기억들 전체를 관통하는 일종의 감정적 연속성을 창출해낸다. 들뢰즈의 표현을 빌리면, 그의 영화에서는 바로 이 감정이 영화라는 "정신 극장의 살아 있는 실재"이자 진정한 주인공이다.

영화가 응축하고 있는 감정을 단 하나의 단어로 정의하는 것은 불가능하지만, 그래도 그 실체를 몇 가지로 나누어 추측해볼 수 있다. 상실과 고통 그리고 사랑의 감정이다. 과거와 현재의 두 여인은 사랑의 상실에 괴로워한다. 하지만 그 사랑은 처음부터 이룰 수 없는 것, 가질 수 없는 것에 가까웠다. 치앙 비유는 대의에 투신하려 하는 청 하오퉁을 언제든 잃을 수 있다는 걸 알면서도 그와 결혼하고 그를 따라나섰다. 리앙 칭은 바람기 많은 아웨이가 끊임없이 그녀를 속이고 배신할 걸 알면서도 그와의 관계에서 벗어나지 못했다. 두 여인 모두 결국 그 위태로운 사랑을 잃었고 지워지지 않는 사랑의 기억에 고통스러워한다. 사랑을 시작할 때부터 따라붙던 상실과 고통의 감정, 그러나 끝내 사라지지 않는 사랑의 감정. 이 감정의 응어리가 영화의 모든 시간을 가로지르고 모든 장면들, 모든 이미지들 아래서 살아 움직인다. 인물들의 표정과 몸짓, 목소리를 관통한다. 어쩌면 그것은 허우 샤오시엔도 느끼고 있는 감정인지 모른다. 처음 영화를 시작할 때부터 떨쳐내지 못하고 간직해온, 자신의 조국과 동시대인들에 대한 감정인지도 모르는 것이다.

세기말, 우리 모두를 위한 멜로드라마

페드로 알모도바르의 〈내 어머니의 모든 것〉

그녀는 모든 것이 과잉인 삶으로부터 탈주하고 싶었다. 그녀는 그렇게 한다. 어느 날 기차를 타고 작별 인사도 없이 도시를 떠난다. 뱃속에 아기만 간직한 채. 다른 도시에서 그녀는 과잉과 정반대되는 삶을 산다. 간호사로 일하며 죽은 이의 가족을 설득해 다른 이에게 장기이식을 연결해주는 일을 맡는다. 17년 동안 그녀는 홀로 아들을 키운다. 소박하고 차분한 삶이었다. 하나뿐인 아들이 사고로 갑자기 그녀의 곁을 떠나기 전까지는.

영화는 아들 에스테반이 죽는 시점에서부터 시작된다. 그녀, 마누엘라(세실리아 로스)는 아들의 생일날 함께 연극을 보러 간다. 공연이 끝난 후 아들은 여배우의 사인을 받으러 빗

속을 뛰어가다 자동차에 치여 한순간에 생을 마감한다. 채 온기가 식지 않은 아들의 심장이 다른 이의 몸에 옮겨지고, 그 모든 과정을 지켜보던 그녀는 슬픔을 삭이지 못한 채 17년 전에 떠났던 그 도시로 다시 돌아온다. 이후로, 영화의 대부분은 여전히 과잉의 흔적이 남아 있는 도시 바르셀로나에서 펼쳐진다. 다시 만난 트렌스젠더 친구 아그라도(안토니아 산 후안)는 변함없이 각박한 삶을 살고 있고, 우연히 알게 된 수녀 로사(페넬로페 크루즈)는 봉사활동중에 에이즈 감염자와 관계를 맺어 임신중이다. 아들의 사고를 계기로 연을 맺은 여배우 우마(마리사 파레데스)와 그녀의 동성 애인도 과도한 집착에서 벗어나지 못한 채 힘겨워하고 있다. 그리고 젊은 시절 파리여행에서 가슴을 달고 돌아와 그녀를 혼란에 빠뜨렸던 남편 에스테반은 롤라라는 가명으로 이 도시 어디선가 몰락해가는 삶을 살고 있다. 심지어, 그는 로사를 임신시킨 장본인이기도 하다.

병의 근원인 아버지, 치유하는 어머니

영화 〈내 어머니의 모든 것〉(1999)을 발표하기 전까지 약 20년 동안 알모도바르의 영화에서 아버지로 대표되는 남성은 거의 항상 '악'의 근원이었다. 권위적이고 폭력적이었으며 거짓과 악행을 일삼았다. 폭력과 추행을 일삼는 경찰관(〈산 정상의 페피, 루시, 봄 그리고 다른 사람들〉, 1980)과 히틀러를 숭상하고 아내를 하녀처럼 다루는 택시기사(〈내가 뭘 잘못했길래〉, 1984), 아내와 애인을 버리고 또다른 애인과 도주하려는 노년의 성우(〈신경쇠약 직전의 여자〉, 1988) 등을 떠올려보라. 이들은 모두 수십 년간 스페인을 억눌렀던 프랑코이즘의 잔재들이었다. 그런데 1990년대가 끝나갈 무렵 발표한 이 영화에서 아버지/남성의 모습은 한없이 초라하게 쪼그라들어 있다. 권위적이라기보다는 무능하고, 폭력 대신 일탈과 방종에서 벗어나지 못한 채 헤매고 있다. 이기적이고 무책임한, 그래서 주변을 병들게 하는 바이러스 같은 존재. 모든 '병'의 근원.

그렇다고 어머니/여성의 모습이 항상 긍정적인 것도 아니다. 초기 영화들에서 어머니는 가부장제의 희생자이자 저항의 주체였지만, 시간이 흐르면서 점점 불안정하거나 자기모순적인 모습으로 등장한다. 포스트 프랑코 시대에서 빠져나온 스페인이 급격히 세계화되면서 전복해야 할 대상이 사라져버린 탓이다. 가부장적 가치관과 권위주의 대신 가정의 상실과 개인의 소외가 새로운 사회문제로 떠오르고, 이 혼란스러운 상황에서 여성은 길을 잃고 방황한다. 때로는 자신의 출세를 위해 어린 딸을 버리기도 하고(〈하이힐〉, 1991), 때로는 알코올의존증으로 쉽게 무너지기도 한다(〈비밀의 꽃〉, 1995).

다행히 이 영화에서 어머니/여성은 자신의 자리로 되돌아온다. 그리고 그토록 증오하던 아버지/남성이 그저 나약하고 무력한 존재로 전락해버렸음을 깨닫는다. 숱한 상처와 희생에도 불구하고, 여성들은 다시 손을 내민다. 복수하고 처벌하는 대신 용서하고 포용한다. 그리고 서로 연대한다. 주인공 마누엘라는 그런 여성들을 상징하는 존재다. 그녀는 주변의 여성들과 함께 남성들이 남겨놓은 상처들을 하나씩 치유해간다. 아그라도의 얼굴에 난 상처에서부터 에이즈로 죽어가는 로사까지 세심하게 보살피고 감싸안는다. 그러다가 로사가 죽자 갓 태어난 그녀의 아이 에스테반의 양육을 맡는다. 그녀에게 주어진 세번째 에스테반/남성이지만, 또다시 희망의 끈을 놓지 않는 것이다.

과잉의 미학에서 위로의 시선으로

영화가 보여주는 이 보편적 인류애 테마는 관점에 따라 다소 식상해 보일 수도 있다. 하지만 감독의 빛나는 재기와 탁월한 감각이 영화를 상투성의 틀에서 벗어나게 해준다. 물론 영화의 서사구조는 복잡다단했던 전작들에 비하면 조금 밋밋한 편이다. 하지만 극중극 형식으로 삽입된 두 작품—영화 〈이브의 모든 것〉과 연극 〈욕망이라는 이름의 전차〉—이 영화의 이야기와 끊임없이 겹쳐지면서 평범한 서사구조를 매혹적인 것으로 바꿔놓는다. 두 고전으로부터 가져온 캐릭터와 상황들이 수시로 비틀리고 전복되면서 새로운 관극의 재미를 만들어낸다. 또 감독의 전작들에 대한 암시와 차용도 영화 곳곳에 숨어 있는데, 가령 초반에 마누엘라가 장기기증 세미나에서 환자 가족을 연기하는 장면은 영화 〈비밀의 꽃〉에서 비중 있게 다루었던 장면을 그대로 가져온 것이다.

알모도바르 특유의 화려한 시각적 스타일 역시 풍부한 서정의 사운드와 결합되면서 내내 강렬한 매력을 발산한다. 이전의 영화들에서 과잉의 미학이라 할 만큼 과도한 원색 선호와 키치적 취향을 드러냈다면, 이 영화에서는 정교한 공간 구성과 세련된 색상 대비를 통해 한층 더 원숙해진 영상미를 선보인다. 특히, 그가 사랑하는 붉은색은 욕망이나 열정보다 생명과 희망을 상징하는 색으로 사용되면서 영화의 메시지를 더 선명하게 표현해낸다.

어찌됐든, 이 영화를 여성 영화라고 부르기엔 다소 불편함이 따른다. 남성에게 희생당하는 것은 결국 여성이고, 그럼에도 여성은 끝까지 남성의 과오와 악행을 감싸기 때문이다. 이 영화는 제목 그대로 '어머니'의 영화이고, 이 지점에서 알모도바르의 중심 테제였던 '어머니=여성'의 등식이 흔들린다. 그가 바라는 것은 무조건적인 사랑을 베푸는 어머니이고, 남성을 넘어 인간의 모든 죄를 용서하고 포용해주는 존재다. 어찌 보면 뻔하다고 할 수 있는 이런 근원적인 감정에의 호소가 지난 세기말 유럽에서 영화로 나왔다는 게 새삼 신기하기도 하다. 당시 대부분의 유럽 영화들은 냉소와 절망에 빠져 있거나, 아니면 내면세계에 숨어서 개인의 신화에 열중하고 있었기 때문이다. 하지만 이런 영화가 하나쯤은 나왔어야 했다. 세기말이지 않은가? 또, 밀레니엄은 몰라도 근대 문명의 끝에 와 있다고 다들 소리 높여 외치지 않았는가? 누군가는 이처럼 상투적인 멜로드라마 형식으로라도 우리를 위로해줬어야 했다. 알모도바르가 그렇게 했다. 누구보다 그 자신에게 위로가 필요했기 때문이다.

이 영화와 함께 그는 오랫동안 벌여온 여성적 자아에 대한 탐구를 내려놓는다. 남성에 대한 깊은 증오로 시작된 자신의 '여성-되기'가 한계에 이르렀음을 깨닫고 일단락짓는다. 이후로도 그는 여성에 대한 탐구를 계속 이어가지만, 그 시선은 훨씬 여유로워진다. 여성과 남성 사이의 단순한 이분법적 경계를 넘어 그만의 지점에서 자유롭게 그 모두를 바라볼 수 있게 된 것이다. 그러므로 이 영화는 끝나가는 한 세기에 대한 위로이자, 그와 우리 모두를 위한 멜로드라마라 할 수 있다.

열병 같은 사랑의 기억

아피찻퐁 위라세타꾼의 〈열대병〉

"너에게 줄게. 내 영혼, 내 육체 그리고 내 기억을. 내 피 모두를. 우리 노래를 불러, 행복의 노래."

이 황홀한 사랑의 밀어蜜語는 한 남자가 마주보고 있는 호랑이 유령에게 바치는 것이다. 그는 어두운 숲속 한가운데 무릎을 꿇고 앉아 있다. 한 손에는 주머니칼을 쥐고 다른 손에는 랜턴을 든 채 타닥타닥, 이까지 부딪치며 떨고 있다. 그는 곧 죽을 운명(일 것)이다. 그런데 극한의 공포에 사로잡혀 있던 그의 얼굴이 이 대사와 함께 잠시나마 평온을 되찾는다. 자신의 운명을 받아들인 걸까? 혹은 영화의 몇몇 장면들이 암시하는 것처럼, 호랑이 유령에서 자신의 모습을, 자신의 전생을 발견한 걸까?

우리는 동물도 인간도 아니다

영화 〈열대병〉(2004)은 아피찻퐁 위라세타꾼의 이름을 전 세계에 알린 작품이다. 〈정오의 낯선 물체〉(2000), 〈친애하는 당신〉(2001) 등으로 이미 특별한 주목을 받고 있던 태국의 신예 감독은 이 영화로 더이상 확장할 여지가 없어 보였던 영화의 지평을 한 차원 더 넓혔다는 평가를 받는다. 일단 이 영화에서는 우리가 알고 있는 모든 경계가 다 무너진다. 인간과 동물, 인간과 유령이 자유롭게 대화를 나누거나 영혼을 교환하고, 실재와 상상이 구별할 수 없게 뒤섞여 있다. 또 시간이 해체되어 과거, 현재, 미래가 아무런 지표 없이 흩어져 있다. 영화의 이야기를 요약하는 것도 쉽지 않은데, 중간에 삽입된 긴 암전을 중심으로 1부와 2부로 나누면 그나마 영화의 내용을 재구성해볼 수 있다.

1부는 태국의 어느 시골을 배경으로 펼쳐지는 두 남자의 사랑 이야기다. 군인 켕(반롭 롬노이)은 수색을 나갔다가 시골 청년 통(사크다 카에부아디)을 만나 사랑에 빠진다. 둘은 어색함 속에서도 조금씩 가까워지고 여느 연인들처럼 몇 번의 데이트를 즐긴다. 운전을 가르쳐주고 통의 병든 개를 함께 병원에 데려가는 등 일상도 함께 나눈다. 켕이 다른 도시로 발령받아 떠나게 되자, 둘은 마지막 데이트를 한 뒤 미소를 나누며 헤어진다. 2부에서는 광활한 숲을 배경으로 전혀 다른 이야기가 펼쳐진다. 호랑이 유령이 나타나 마을 사람들을 잡아간다는 소문이 돌자 군인 켕은 혼자 숲속으로 들어간다. 그는 깊고 어두운 숲속에서 며칠 동안 호랑이 유령의 흔적을 쫓아 돌아다닌다. 호랑이 유령은 특이하게도 1부에 나왔던 통의 외모를 하고 있는데, 켕 앞에 나타났다 사라지기를 반복하면서 그와의 추격전을 즐긴다. 무력감과 두려움으로 서서히 지쳐가던 켕은 어느 순간 갑자기 짐승처럼 엎드려서 네 발로 기어다니기 시작한다. 그러다가 마침내 진짜 호랑이 모습을 한 유령을 만나 위의 대화를 주고받는 장면에서 영화가 끝난다.

이 난해하고 황당한 이야기의 저변에는 강한 전류 같은 것이 흐르고 있다. 바로 '원시성'의 자장磁場이다. 마치 영화 전체가 원시성이 발산하는 강력한 자기에 빨려들고 있는 것처럼 느껴지는데, 이때 원시성은 단지 동물이 등장하거나 밀림이 배경인 것을 의미하지 않는다. 인간과 동물, 육체와 영혼, 실재와 상상 등 모든 것이 구분되지 않고 뒤섞이는 '미분성未分性' 자체가 인류 초기 문명의 특징이며, 일반 언어 대신 몸짓이나 소리 같은 '신체 언어'로 소통하는 것 또한 원시 문화의 중요한 지표다. 감독은 영화 곳곳에 태국의 샤머니즘적 요소들과 제의적 상징들을 삽입해 문명에 잔재하는 원시성의 의미를 강조하기도 한다.

그런데 이처럼 다양한 경계를 넘나드는 전위적 형식에 원시성에 대한 강한 동경을 담아내는 양식은 사실 20세기 초반 초현실주의 예술작품들에서 이미 보았던 것이다. 초현실주의는 한편으로 기존의 관습에서 벗어나 다양한 형식적 실험들을 벌였지만, 다른 한편으로는 지나치게 발달한 현대 문명에 대한 반발로 비-문명적인 것 또는 원시적인 것에 대한 탐구를 시도했다. 아피찻퐁의 영화는 이러한 초현실주의 정신을 충실히 계승하면서, 그만의 고유한 불교적 사고를 더해 기존 작품들과의 변별성을 만들어낸다. 특히, 〈열대병〉에서는 그처럼 복합적인 사유를 인간 모두에 공통되는 사랑의 이야기로 풀어내 한층 더 커다란 울림을 만들어낸다.

갈애渴愛의 고통

이 영화는 수많은 상징과 암시들이 쌓여 있는 기호들의 집적물과도 같지만, 달리 보면 단순한 사랑 이야기라 할 수 있다. 정확히는, 감독의 표현대로 '사랑'과 '기억'에 관한 이야기다. 1부가 두 남자의 사랑을 현재의 시점에서 다룬다면, 2부는 그 사랑에 대한 기억의 과정을 보여준다. 그러니까, 2부에서 켕이 호랑이 유령을 쫓아 숲을 돌아다니는 행위는 희미해진 사랑의 기억을 떠올리려 애쓰는 행위에 대한 일종의 은유인 셈이다.

감독은 영화의 가장 기본적 형식인 빛과 소리를 이용해 사랑을 기억하는 행위의 '무력감'을 표현한다. 가령 2부의 화면을 지배하는 '어둠'은 호랑이 유령을 쫓아 숲속을 헤매는 주인공의 막막함을 대변하는 동시에, 과거를 소환해내는 기억 과정에서의 무력감을 가리킨다. 주인공이 겪는 공간(숲)과 상대(호랑이 유령)에 대한 인지의 어려움은 과거의 기억을 명증하게 되살려내는 일의 어려움을 암시하는 것이다. 2부 내내 지속되는 독특한 '사운드'도 과거의 시간을 탐사하는 과정의 지난함을 나타낸다. 특히, 현장의 정글 소리와 전자음향 효과를 결합한 다채로우면서도 충일한 사운드는 영상의 빈약함과 대조를 이루면서 역설적으로 기억 행위의 무력감을 더욱 강조한다.

그런데 무기력하고 빈한한 기억 행위는 시간이 지날수록 나름의 방식으로 조금씩 과거의 사랑을 드러내 보여준다. 그 사랑의 실체는 다름아닌 '고통'이다. 1부의 평화로운 모습들은 단지 사랑의 표면에 불과할 뿐, 그 이면에서는 치열한 고통의 시간이 이어졌던 것이다. 감독은 영화를 발표한 뒤 『카이에 뒤 시네마』와의 인터뷰에서 이렇게 말한다. "사랑은 고통이다. 집착이기 때문이다. 더이상 갈망할지 않을 때 당신은 진정 행복해질 수 있다." 이는 명백하게 불교적 사유에 해당한다. 불교에서 갈애, 즉 사랑의 갈망은 인간의 고통을 낳는 십이지연기十二支緣起 중 하나이기 때문이다. 갈애는 또한 무지無知에서 비롯되는데, 제대로 알지 못한 채 누군가를 갈망하는 이상 우리는 집착과 고통에 빠질 수밖에 없다. 영화는 이러한 갈애의 고통을 태초의 표현 수단이었던 몸짓과 소리를 통해 전달한다. 호랑이 유령에 얻어맞고 내쳐져도 끝까지 매달리는 주인공의 몸짓, 호랑이 유령을 찾아 헤매며 내지르는 그의 울음소리, 짐승처럼 네 발로 기어서라도 상대를 만나고자 하는 애처로운 몸짓 등이 그것이다.

영화의 마지막에서 주인공은 상대에게 모든 것을 내어준 후 마침내 평온을 되찾는다. 모든 기억을, 자신의 피와 살을 다 바친 후에야 비로소 갈애의 고통에서 벗어난다. 죽음을 암시하는 그 순간, 이승에서의 삶을 포기하는 그 순간에 이르러서야 사랑이라는 집착에서 자유로워지는 것이다. 이보다 더 처절한 사랑의 영화를 본 적이 언제였는지, 잘 기억나질 않는다.

2부

우리는 왜 이토록 고독한가

사랑은 존재하지 않는다

차이밍량의 〈애정만세〉

"사랑은 존재하지 않는다. 단지 사랑의 가능성만이 남아 있을 뿐이다." 파스빈더는 급격한 산업화와 도시화로 삶의 의미를 잃고 감정마저 잃어가는 독일의 전후 세대를 바라보며 이렇게 말했다. 차이밍량의 영화 〈애정만세〉(1994)에는 그 사랑의 가능성조차 존재하지 않는다. 가까워졌다가 멀어지는 감정의 미세한 파동만 있을 뿐이다. 이 차갑고 불편한 시선은 단지 그만의 것일 수 있다. 혹은 삶의 어느 시기에 대한, 가령 아직은 사랑에 대한 희망을 품고 있는 청춘에 대한 그만의 냉소적인 시선일 수 있다. 그렇다 해도, 공허와 고독에서 벗어나려 발버둥치는 영화 속 주인공들의 모습은 우리의 망막에 남아 쉽게 사라지지 않는다. 사실은 우리 모두가 그 끔찍한 고독의 시간을, 희망이 있어 더 쓸쓸한 그 시간을 지나왔거나 지나가고 있기 때문이다.

고독과 침묵, 그리고 죽음

영화의 배경은 타이베이. 부동산 중개사 메이(양귀매)는 자신이 관리하는 한 아파트 문에 열쇠를 꽂아둔 채 나온다. 우연히 그것을 발견한 납골당 영업사원 시아오강(이강생)은 열쇠를 훔친 후 몰래 그곳에 들어가 하룻밤을 보낸다. 다음날 저녁 시아오강이 그 집에서 손목을 그어 자살을 시도할 때, 시내에서 만난 메이와 아정(진소영)이 갑자기 들어와 정사를 나눈다. 그후 아정 역시 메이에게서 열쇠를 훔쳐 집에 드나들고, 결국 마주친 시아오강과 아정은 빈집에서 기묘한 동거를 하게 된다. 어느 날 잠을 이루지 못한 메이는 시내에서 아정을 다시 만나 그 집으로 향하고, 집에 있던 시아오강은 침대 밑에 숨어 그들의 정사가 끝날 때까지 기다린다. 새벽에 홀로 집을 나와 공원을 걷던 메이는 벤치에 앉아 주체할 수 없는 울음을 터뜨린다.

영화는 말보다 '침묵'에 의해 지배된다. 배경음처럼 희미하게 들리는 인트로의 짧은 대화를 제외하면, 영화가 시작되고 24분이 지나서야 메이의 첫 대사가 들려온다. 또 영화의 마지막 24분도 대사 없이 오로지 인물들의 몸짓과 표정으로만 채

워져 있다. 영화의 처음과 끝을 모두 침묵이 점유하고 있는 것이다. 차이밍량의 영화에서 침묵은 기본적으로 현대 대만 사회에 급속도로 유입된 서구 문명에 대한 거부를 의미한다. 이성적 사고의 핵심인 언어를 거부함으로써 이성을 바탕으로 쌓아올린 기계문명과 물질주의의 실행을 유예하려는 것이다. 또한 침묵은 '고독'을 상징하는 기호다. 함께 있어도 외롭고 혼자 있어도 마찬가지인 주인공들의 끝 모를 고독과 소외를 강조한다. 말을 할수록 소통이 더 어려워지고 더 이해할 수 없는 존재가 되는 것을 알기에, 이들은 침묵으로 간신히 서로를 붙들고 있다.

침묵하는 개인들의 고독은 단절되거나 고립된 공간들을 통해 더욱 강조된다. 〈애정만세〉에서 인물들은 자주 화장실, 욕조, 거울, 침대 밑 같은 협소하고 폐쇄된 공간에 머물거나 스스로를 가두는데, 그 분리된 공간 안에서 때로는 외로움을 느끼지만 때로는 편안함을 느끼며 일상의 행위들을 이어간다. 물리적으로 언제든 마주치고 부딪힐 수 있는 가까운 거리에 있지만, 심리적으로는 서로 철저히 유리된 채 각자 자신만의 생을 살고 있는 것이다. 〈하류〉(1997)나 〈구멍〉(1998) 같은 이후의 차이밍량 영화들에서 더 심화되는 이 '물리적 인접'과 '심리적 분리'의 모순적 교착 상태는 대도시 타이베이에서 살아가는 개인들의 관계 양태를 극명하게 보여준다.

그런데 아무 일도 일어나지 않고 시작도 결말도 없는 이 영화에서, 삶은 의외로 죽음과 가까이 밀착해 있다. 익명의 공간에서 이루어지던 시아오강의 자살은 갑자기 들이닥친 두 남녀의 정사로 중단되고, 목욕을 하다가 보일러 가스가 새는 것을 발견한 메이는 잠시 죽음의 유혹을 느낀다. 그녀는 기회만 주어지면 삶을 간단히 끝내고 싶은 것처럼, 위험한 대로들을 수시로 무단횡단하기도 한다. 또 유골 안치함들이 벌집처럼 빽빽이 들어선 납골당 장면 바로 다음에는, 텅 빈 집에서 메이가 모기를 잡는 데 열중하고 있는 장면이 아무렇지도 않게 이어진다. 삶과 죽음이 종이 한 장 차이로 맞닿아 있는 대도시의 공간들. 그 안에서는 삶도, 죽음도 한없이 가벼울 뿐이다. 언제 어디서 죽음을 맞이하더라도 혹은 죽음을 피해 운좋게 살아가더라도, 별다른 슬픔도 기쁨도 없어 보인다.

공허는 영혼을 잠식한다

무기력한 두 남자와 달리, 메이는 모든 일에 열정적으로 매달린다. 하루종일 분주히 돌아다니며 부동산 세일즈를 하고, 새벽에는 자동차로 광고지 배달도 한다. 또 끊임없이 무언가를 먹는다. 노점 식당이나 관리중인 아파트 혹은 자신의 집에서 국수, 덮밥, 피스타치오, 크림빵 등을 쉴새없이 입에 밀어넣는다. 섹스에도 적극적이다. 낯선 남자 아정과의 정사에서도 그녀가 행위를 주도하며, 먼저 시작해서 먼저 떠난다. 이러한 메이의 부단한 욕망은 어쩌면 포화 상태까지 차오른 공허를 누르기 위한 것일 수 있다. 더 적극적으로 욕망하고 움직이면서 내면의 공허와 불안을 잊으려는 것일 수 있다. 그녀에게 욕망이란 공허의 또다른 이름이며, 둘은 뫼비우스의 띠처럼 서로의 꼬리를 물고 한없이 이어진다. 욕망하면 할수록 더 공허해지는 걸 알지만, 도저히 공허를 견딜 수 없기에 또다시 맹목적으로 욕망에 빠져드는 것이다.

영화의 또다른 주인공인 시아오강도 공허에 시달리기는 마찬가지다. 영화 초반 자살을 시도할 만큼 그는 이미 삶의 의미를 잃어버렸다. 그 역시 무언가를 욕망하지만 그의 욕망은 번번이 좌절된다. 기껏해야 잠든 아정의 입술에 살짝 입맞춤하는 데 성공할 뿐, 침대 아래서의 쓸쓸한 자위에 만족한다. 대신, 시아오강은 기이한 행동들로 공허와 외로움에 대응한다. 사랑하는 이를 대하듯 수박을 쓰다듬다가 진하게 입을 맞추고, 하이힐에 드레스를 차려입고 여성 흉내를 내며, 빈집에서 혼자 텀블링을 한다. 이후로도 시아오강은 차이밍량의 영화들에 계속 주요 인물로 등장하면서 기이한 행동들을 보여주는데, 이빨을 닦은 칫솔로 겨드랑이와 젖꼭지를 닦거나(〈하류〉), 자위하는 동안 종이를 삼키거나(〈구멍〉), 웃옷 속에 수박을 넣고 임산부 흉내를 낸다(〈흔들리는 구름〉). 무자비한 생의 공허에 맞서, 그만의 방식으로 버티기를 실천하는 것이다.

영화의 마지막 장면은 메이의 우는 모습을 6분이 넘는 긴 롱테이크 숏으로 보여준다. 그녀는 왜 우는가? 감독은 왜 그녀가 아무런 대사 없이 혼자 울도록 내버려두는가? 그녀의 울음은 욕망의 간접적인 해소일 수 있다. 일과 섹스 심지어 음식으로도 충족되지 않는 욕망을 눈물을 통해 일시적으로나마 씻어내려는 것일 수 있다. 혹은, 그것은 실존의 고통으로 인한 눈물일 수도 있다. 무언가를 쫓지 않으면 견딜 수 없는 공허한 생으로부터 비롯되는 울음일 수 있다. 중요한 것은, 영화가 끝나도 그녀의 울음이 계속된다는 사실이다. 까만 암전 위로 들리는 그녀의 울음소리는 지금의 이 고달픈 시간이 미래에도 그대로 이어질 거라는 사실을 예고한다. 지긋지긋한 고독과 공허가 청춘을 지나도 변함없이 우리의 삶을 지배할 거라는 사실, 그리고 사랑은 어디서도 찾을 수 없을 거라는 사실을 암시한다. 애정만세라니, 이 얼마나 잔인한 냉소인가!

영원한 아웃사이더의 유랑 일기

난니 모레티의 〈나의 즐거운 일기〉

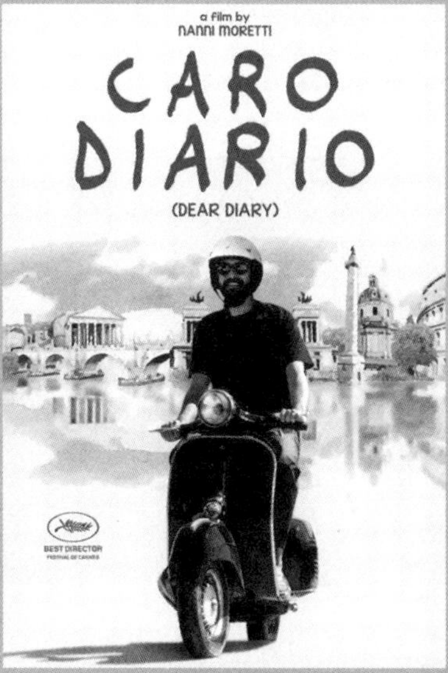

'나는 자급자족한다.' 1976년 스물세 살의 청년 난니 모레티가 발표한 첫번째 장편영화의 제목이다. 그로부터 21년 후, 모레티는 정말로 완벽하게 자급자족하는 영화인이 된다. 제작에서부터 각본, 연출, 배급, 상영에 이르기까지 영화의 전 과정을 스스로 해결하는 유일무이한 일인 제작 시스템을 구축한 것이다. 그사이 그는 무명감독에서 이탈리아를 대표하는 감독으로 성장했고, 자신의 주도하에 영화 제작사와 극장, 배급사를 하나씩 만들어갔다. 강한 의지와 확고한 신념이 없으면 안 될 것 같은 이 꿈같은 과업의 장본인은 그러나 한편으로는 끊임없이 고민하고 후회하는 소심한 한 남성이다. 1993년에 발표된 〈나의 즐거운 일기〉는 독보적인 영화인이자 평범한 생활인으로서의 모레티의 모습을 가장 잘 보여주는 영화다. 그리고 그의 영화 여정의 중요한 변화를 알리는 작품이기도 하다.

'모레티'라는 장르

영화는 세 개의 장章으로 구성되어 있다. 먼저, 1장 '나의 베스파'에서 감독 모레티는 베스파를 타고 한적한 8월의 로마를 돌아다닌다. 사람들의 춤추는 모습을 구경하기도 하고, 옛 정취를 잃어가는 거리들에 안타까워하기도 하며, 지나치게 폭력적인 미국 영화를 보고 나서는 호평을 쓴 평론가를 찾아가 괴롭히는 상상에 빠지기도 한다. 2장 '섬들'에서는 대본 작업을 할 곳을 찾아 친구 제라르도와 함께 이탈리아의 섬들을 돌아다닌다. 그런데 어느 섬은 이미 관광지로 변해버렸고, 어느 섬에서는 모든 가정이 과도하게 육아에 몰두하며, 또 어느 섬에서는 과대망상에 빠진 시장 때문에 작업을 진행할 수 없다. 마침내 두 사람은 조용한 섬을 찾아 일에 집중할 수 있게 되지만, 제라르도는 TV를 볼 수 없는 환경을 참지 못하고 이내 떠나버린다. 3장 '의사들'에서 모레티는 극심한 가려움증에 시달리다가 로마의 유명한 피부과 전문의들을 찾아 나선다. 의사들은 하나같이 형식적인 진료만 한 후 갖가지 약을 처방해주는데, 아무리 약을 먹어도 병세가 호전되지 않고 체중마저 줄어든다. 우연히 그는 폐에 악성 종양을 발견해 수술을 받고,

뒤늦게 가려움증과 체중 감소가 폐종양 증상이라는 것을 알게 된다.

영화는 이처럼 세 개의 독립적인 이야기로 이루어져 있고, 전체를 아우르는 뚜렷한 줄거리나 기승전결의 구조도 없어 보인다. 그러나 담담하게 나열되는 에피소드들에는 삶의 구체적인 순간들과 인간의 미묘한 심리에 대한 감독의 깊은 통찰이 새겨져 있다. 또 동시대 이탈리아 사회에 대한 예리한 분석과 분명한 견해도 깔려 있다. 자세히 들여다보면 형식적으로도 매우 정교하게 구축되어 있는데, 감독이자 주인공인 모레티의 존재 덕분에 영화는 객관적 시점과 주관적 시점을 자유로이 오가고, 현실과 상상, 다큐멘터리와 픽션, 자서전과 허구 사이의 경계도 절묘하게 넘나든다. 수시로 흘러나오는 다양한 정서의 음악은 영화의 분절적인 이야기들을 자연스럽게 연결시켜준다.

특히 이 영화에서 모레티는 영화 〈4월〉(1998)에서와 마찬가지로 독특한 '일기' 형식을 적극 활용한다. 노트나 종이에 일기를 쓰는 장면을 자주 보여주고, 일기의 내용을 직접 읽는 듯한 내레이션을 내내 쉬지 않고 들려준다. 마치 삶의 어떤 순간도 놓치지 않으려는 것처럼, 그가 보고 듣는 모든 것을 언어로 혹은 이미지로 끊임없이 고정시킨다. 또 그가 실제로 겪은 암 치료의 기록 영상을 영화 중간에 삽입해 앞뒤 장면들과 교묘하게 꿰어 맞추는데, 이를 통해 재현과 기록의 경계도 가볍게 무너뜨린다. 처음부터 끝까지 자신이 영화의 주체이자 대상이 되는, 완벽하게 자전적인 영화를 만들어낸 것이다.

전투적 풍자에서 포용의 희비극으로

모레티는 단편영화 시절부터 거침없는 논쟁가였다. 그가 구현한 인물들은 대부분 불안과 신경과민에 시달렸지만, 구태에 사로잡힌 이탈리아 영화계를 정면으로 비판했고(〈좋은 꿈〉, 1981) 사고를 멈춘 채 스스로 우민화되어가는 이탈리아인들을 조롱했다(〈비안카〉, 1983). 또 엘리트 의식에서 벗어나지 못하는 무능한 이탈리아 좌파를 비난했으며(〈빨간 비둘기〉, 1989), 베를루스코니를 비롯한 우파 부유층의 탐욕은 언제나 극렬한 혐오의 대상이었다. 그러나 거칠고 공격적이었던 그의 영화 스타일은 〈나의 즐거운 일기〉를 기점으로 분명한 변화를 보여준다. 논쟁과 싸움을 이어가는 대신 일상의 다양한 영역으로 파고들어가, 세심한 관찰과 차분한 숙고로 보다 더 설득력 있는 의견을 들려주기 시작한 것이다.

이 영화에서 그는 전통과 개성을 버리고 점점 더 획일화되어가는 로마의 모습에 씁쓸해하고, 패배 의식에 젖은 68혁명 세대의 자조적인 태도에 답답해한다. 한때 이탈리아 영화를 대표했던 파솔리니의 충격적인 암살 현장이 흉물스러운 기념

비만 남긴 채 버려져 있는 것에 황망해하고, 과도하게 자식 교육에 집착하거나 관광에 모든 것을 걸거나 혹은 현재를 부정한 채 과거의 영광에만 머물러 있는 이탈리아인들의 모습에 강한 거부감을 드러낸다. 또 30년 동안 대중문화를 멀리하다가 미국 TV 드라마에 단번에 빠져드는 학자의 허세나, 모르는 것을 알은척하기 위해 일방적인 태도로 일관하는 의사들의 권위주의도 그만의 방식으로 희화화한다.

이처럼 소소하면서도 예리한 모레티의 현실 비판은 그의 솔직한 자아비판 덕분에 더 큰 힘을 얻는다. 그 누구보다 지적이고 진지한 영화감독인 그는 영화 초반부터 온갖 종류의 대중가요와 춤에 빠져 있으며, 로마를 산책하는 할리우드 배우 제니퍼 빌스에게 다짜고짜 말을 걸다가 무시당하기도 한다. 또 의사들의 무성의한 말들을 그대로 믿고 따르는 맹목적인 모습을 보이고, 이탈리아인들에게는 성스러운 장소인 스트롬볼리섬 분화구에서 친구와 큰 소리로 미국 드라마에 대해 떠드는 경박한 일면을 드러내기도 한다. 이처럼 자신을 낮추면서 스스로의 결함을 있는 그대로 드러내 보이는 그의 태도는 타인의 권위의식뿐 아니라 자신의 권위의식 또한 용납하지 않으려는 철저한 반-권위주의적 태도에서 비롯된다. 오랫동안 이탈리아인들의 정신을 병들게 했던 선민의식과 권위주의를 그 근본까지 도려내 없애버리고 싶은 의지의 표명인 것이다. 여기에 그의 독특한 유머가 더해지면서 신랄한 풍자는 인간미 넘치는 해학으로 탈바꿈한다. 삶에 필연적으로 존재하는 모순들과 인간의 불완전함을 껴안으면서, 날카로웠던 그의 비판이 어느덧 위로를 동반하는 포용의 언어로 변모한 것이다.

"바다를 떠돌 때만 마음이 놓여." 영화 중간 지중해의 섬들을 옮겨다니다 지친 모레티가 선상에서 혼자 내뱉는 말이다. 어쩌면 이 짧은 독백은 그가 살아온 인생을 압축해놓은 것인지도 모른다. 파솔리니가 그랬던 것처럼, 세상의 모든 고정관념과 맞서 분투해온 그의 영화 여정을 가리키는 것인지도 모른다. 숱한 난관과 흔들림 속에서도 꿋꿋하게 자신의 길을 걸어온 모레티는 그러나 이 영화에서 고독한 유랑을 즐기며 인간과 세상을 향해 줄곧 어떤 시선을 드러내 보인다. 이후로 그의 영화들이 보여줄 시선, 변함없이 도전적이면서도 연민과 공감을 담은 그만의 시선을 선보이는 것이다.

기억의 도시 리스본, 기억으로서의 영화

빔 벤더스의 〈리스본 스토리〉

벤더스에게 1990년대는 뜻밖의 침체를 받아들여야 하는 시기였다. 사실, 뜻밖의 일이 아닐 수도 있다. 1970년대와 80년대에 그가 누렸던 영광은 페터 한트케나 샘 셰퍼드 같은 뛰어난 작가들과의 협업 덕분이었을 수 있고, 하강은 이미 그전부터 예견되었는지도 모른다. 〈리스본 스토리〉(1995)는 지치고 무기력해진 그가 잠시 숨을 고르기 위해 만든 휴식 같은 영화다. 그는 이전 영화들에서의 무거움을 내려놓고, 휴가를 떠난 여행자처럼 가벼운 발걸음으로 리스본을 돌아다닌다. 그러면서, 지난 시절 내내 그를 따라다녔던 영화에 대한 질문들을 천천히 곱씹는다.

마주보고 있는 두 영화: 〈사물의 상태〉와 〈리스본 스토리〉

영화는 음향기사 필립(루디거 보글러)과 영화감독 프리드리히(파트리크 보쇼)의 이야기를 중심으로 전개된다. 필립은 급하게 도움을 요청하는 프리드리히의 엽서를 받고 독일에서 포르투갈 리스본까지 자동차로 달려온다. 하지만 프리드리히는 집에 없고, 빈집에는 찍다 만 영화 필름들만 남아 있다. 동네 아이들이나 영화음악을 녹음중인 옆집의 뮤지션들은 바로 전날까지 그를 보았다고 하지만, 정작 필립은 그를 만나지 못한 채 삼 주 동안 홀로 빈집에 머문다. 그사이 매일 프리드리히를 찾아 돌아다니고 또 그가 남긴 흑백 필름에 소리를 입히면서, 점점 더 리스본의 삶과 문화에 매료되어간다. 마침내 두 사람은 거리에서 마주치는데, 뜻밖에도 프리드리히는 영화 만들기를 포기한 채 캠코더로 도시를 기록하는 일에만 매달려 있다. 필립은 절망에 빠진 그를 설득하고, 둘은 다시 영화를 찍기로 한다.

〈리스본 스토리〉는 벤더스가 1982년에 발표한 영화 〈사물의 상태〉와 대구를 이루는 영화다. 두 영화 사이에는 많은 공통점과 몇몇 차이점이 있고, 그 모든 것들은 서로 긴밀히 연결되어 있다. 일단 두 영화 다 리스본이 배경이며, 배우 파트리크 보쇼가 둘 모두에서 영화감독인 프리드리히 먼로 역을 맡았다. 전작에서 프리드리히가 성공적인 필모그래피를 쌓아가고 있는 젊은 영화감독이었다면, 〈리스본 스토리〉에서는 영화에 대한 희망을 잃어버린 중년의 영화감독으로 등장한다. 두 영화에서 그는 스토리에 집착하거나 자극적 이미지를 요구하는 제작 현실에 시달리는데, 이는 자연스럽게 영화 만들기에 대한 근본적인 질문과 사색으로 이어진다. 두 영화는 또한 영화 내내 사라진 주인공을 찾아다니는 동일한 이야기 형식을 취하고 있고, 흑백 영화와 고전 영화에 대한 향수도 드러낸다.

아울러 두 영화에는 영화 자체를 향한 경외와 애정의 표현들이 산재해 있다. 가령 〈사물의 상태〉는 다양한 방식으로 독일의 고전영화 감독 프리츠 랑에 대한 오마주를 표하고, 〈리스본 스토리〉는 영화를 기획할 무렵 세상을 떠난 이탈리아의 시네아스트 페데리코 펠리니에게 애틋한 작별 인사를 보낸다. 또 〈사물에 상태〉에서는 미국의 영화감독 사무엘 풀러가 제법 비중 있는 배역으로 출연하며, 〈리스본 스토리〉에서도 포르투갈을 대표하는 영화감독 마누엘 드 올리베이라가 의미심장한 카메오 역으로 등장한다. 〈수색자〉(존 포드, 1956)와 〈카메라를 든 사나이〉(지가 베르토프, 1929)를 비롯한 다수의 고전 영화들이 작품에 중요한 영향을 미치는 요소로 작용하는 것도 두 영화의 공통점이다.

두 영화 사이의 이 무수한 공통점들, 1부와 2부처럼 서로를 이어주는 이 긴밀한 연결고리들은 모두 하나의 질문을 향하고 있다. 영화란 무엇인가? 아니 정확히 말해, 영화 만들기란 무엇인가? 새로운 스타일의 로드무비를 선보이며 1970년대 독일의 뉴 저먼 시네마를 이끌었던 젊은 감독 벤더스는 〈사물의 상태〉를 찍을 당시 이미 지쳐 있었고, 영화를 만드는 일에 깊은 회의를 느끼고 있었다. 〈리스본 스토리〉에서 그가 자신의 질문에 대한 답을 찾은 것은 아니지만, 같은 질문을 다른 관점에서 바라보고 생각할 수 있는 여유를 얻는다. 그 다름을 가능하게 한 것은 바로 리스본이라는 도시 자체다.

페소아, 파두, 올리베이라, 그리고 리스본

"눈부신 햇살처럼 빛나는 소리들을 듣고 싶다." 영화는 마치 페소아의 이 한 문장으로부터 시작된 듯하다. 영화에서 틈틈이 페소아의 책을 읽는 필립은 이 문장을 직접 실천에 옮기려는 것처럼, 태양이 빛나는 리스본을 돌아다니며 도시의 온갖 소리들을 녹음한다. 프리드리히도 "내가 모두가 되어 어디든 있을 수 있다면"이라는 페소아의 시구를 좇아, 도시 곳곳에 캠코더를 숨겨놓고 세상을 있는 그대로 담아내려 한다. 또 리스본을 대표하는 파두 그룹 마드레데우스가 직접 출연해 여러 차례 음악을 들려주는데, 리스본의 풍경만큼이나 서정적이고 아름다운 그들의 음악은 관객으로 하여금 영화가 펼쳐내는 시청각 세계에 더욱 깊이 빠져들게 만든다. 〈사물의 상태〉에서 리스본이 세상의 끝과 같은 느낌의 황량한 이미지였다면, 이 영화에서 리스본은 소박하면서도 신비로운 그 본연의 매력을 드러내는 것이다.

영화 후반에 등장하는 올리베이라의 독백은 영화의 핵심을 분명하게 암시한다. 당시 이미 80대 후반이었던 이 노감독은 녹음실에 홀로 서서 영화에 대한 자신의 생각들을 들려주는데, 마이크를 통해 울려퍼지는 그의 이야기는 관객의 마음에도 잔잔한 파문을 일으킨다. 그것은 바로 영화 속에서 프리드리히와 필립이 찾아 헤매던 대답이자, 어쩌면 감독 벤더스가 애타게 찾던 대답이기 때문이다. 그에 따르면, 우리가 의지할 수 있는 것은 오직 기억뿐이다. 세상의 모든 것은 결국 다 사라지기 때문이다. 카메라에 포착된 시간은 이미 지나간 시간이지만, 영화는 그 시간의 그림자를 그려낸다. 영화는 우리가 어떤 시간을 지나왔음에 대한 기록이자 기억인 것이다.

벤더스가 리스본을 영화의 배경이자 진짜 주인공으로 선택한 이유도 거기에 있다. 적어도 유럽인들에게 리스본은 20세기가 다 끝날 때까지 어떤 과거 혹은 어떤 기억을 의미했기 때문이다. 대륙의 맨 끝자락에 있고, 현대 문명에서도 멀찌감치 떨어져 있는 도시. 영화는 특히 프리드리히의 구형 카메라에 담긴 흑백 필름을 통해 이 도시가 곧 유럽인들이 공통된 과거이자 기억임을 강조한다. 칠이 벗겨진 낡은 집들과 좁은 골목들, 그 사이를 오가는 오래된 전차들도 그렇고, 공동빨래터에 모인 여인들과 골목에서 마주치는 칼갈이 기술자, 구두닦이들도 그렇다. 한 편의 무성영화처럼 관객의 눈앞에 펼쳐지는 리스본은 유럽이 이미 지나오고 잊어버린 시간들을 기억하고 있는 도시이고, 여전히 그 기억 속에서 살고 있는 도시다.

〈리스본 스토리〉 이후, 벤더스는 다시 활발하게 영화를 만들고 있다. 픽션 영화들은 예전만 못하지만, 예술을 다루는 그의 기록 영화들은 변함없이 높은 수준을 보여준다. 인생의 쉼표 같은 영화 〈리스본 스토리〉에서 그는 무엇을 깨달은 걸까? 알 수 없지만, 어쨌든 그는 이전의 무거운 질문들에서 벗어나 새로운 이야기와 이미지들을 쉼없이 영화에 옮기고 있다. 영화만이 그가 통과하고 있는 시간을 기억할 수 있는 유일한 방법인 것처럼 말이다.

우리는 왜 이토록 고독한가

에드워드 양의 〈하나 그리고 둘〉

인류학자 마르크 오제는 현대사회에서 급속히 증가하고 있는 '비장소non-lieu, non-place'들에 주목한다. 비장소는 도로, 공항, 기차역, 호텔, 쇼핑몰 등의 공간과 각종 통신수단 및 교통수단을 포함하는 개념이다. 장소가 관계적이고 역사적이며 개인의 정체성을 특징짓는 공간이라면, 비장소는 관계적이지도 역사적이지도 않고 정체성과도 관련 없는 공간이다. 비장소는 유기적인 사회성 대신 고독한 계약성을 만들어내며, 사람들은 비장소에 수시로 모이면서도 직접적인 관계를 맺지 못하고 서로 고립된다. 에드워드 양의 영화 〈하나 그리고 둘〉(2000) 속의 인물들도 주로 비장소에서 만나고 헤어진다. 이들은 고가도로 아래, 길거리, 자동차, 패스트푸드점 같은 임의의 공간들에 수시로 공존하면서도 제대로 소통하지 못한 채 서로로부터 유리된다. 세 시간 가까운 긴 시간 동안 영화는 차분한 톤을 유지하지만, 시간이 흐를수록 더할 수 없이 쓸쓸한 동시대인의 초상이 은판사진 위에서처럼 점점 더 선명하게 나타난다.

비장소들의 도시

영화는 주인공 NJ(오념진)의 처남의 소란스러운 결혼식 장면으로 시작된다. 그날 밤 집에 돌아온 NJ의 장모는 쓰러져 의식을 잃고, 이후로 가족들이 돌아가며 그녀 곁을 지키기로 한다. 그러나 NJ의 아내(금연령)는 이내 지나온 삶에 회의를 느끼고 절에 들어가버리며, NJ는 여고생 딸 팅팅(켈리 리)과 어린 아들 양양(조너선 창)을 데리고 담담히 일상을 이어간다. 얼마 후 NJ는 회사 일로 일본 출장을 떠나고, 거기서 처남 결혼식에서 우연히 만났던 첫사랑과 재회한다. 그사이 팅팅은 친구 리리의 전 남자친구인 패티와 데이트를 시작하고, NJ 역시 옛 연인과 지난 추억을 떠올리며 함께 시간을 보낸다. 하지만 팅팅과 패티는 얼마 안 가 헤어지고, NJ는 다시 시작하자는 옛 연인의 제안을 끝내 거절한다. NJ가 출장에서 돌아온 지 얼마 지나지 않아 병상에 누워 있던 장모가 사망하고, TV에서는 패티가 리리의 영어 선생님을 살해했다는 뉴스가 들려온다. 영화 말미에 NJ의 식구들이 장례식장에 모두 모이고, 영화는 어린 양양이 할머니 영정 앞에서 편지를 낭독하는 모습을 보여주며 끝을 맺는다.

영화의 배경이 되는 도시는 높은 건물과 복잡한 도로들로 가득차 있다. 가령, 초반 NJ의 이웃집이 이사오는 장면에서 화면의 3분의 2는 고층 아파트가 점령하고 있고 나머지 3분의 1은 넓은 고가도로와 또다른 건물들로 채워져 있다. 회색빛 건물들과 도로들 사이로 간신히 비집고 나온 풀과 나무들이 간간이 보일 뿐이다. 거대한 건물과 구조물들이 자연과 인간을 짓누르고 있는 대도시 타이베이. 에드워드 양은 이미 데뷔 초부터 자신의 영화들에서 그런 삭막한 도시의 모습을 묘사해 왔다. 〈타이페이 스토리〉(1985)에서 한 건축가는 건물들로 가득찬 도시를 바라보며 더이상 자신이 설계한 건물과 그렇지 않은 건물을 구분하기 어렵다고 절망하고, 〈공포분자〉(1986)를 비롯한 여러 영화에서는 크고 작은 도로 위 자동차들이 수시로 사람들의 왕래를 가로막고 쉼 없는 소음으로 대화를 방해한다.

건물과 도로들이 지배하는 도시에서 인물들은 장소보다 비장소에 있을 때 더 익숙함을 느끼고, 비록 진정한 소통에 이르지 못하지만 자신의 속내도 털어놓는다. 팅팅이 친구 리리의 애정 행각을 목격하거나 패티와 내밀한 대화를 나누는 곳은 모두 거대한 고가도로 아래이고, NJ가 아들 양양과 반쪽짜리 진실에 대해 이야기하거나 일본인 사업가에게 자신의 첫사랑에 대해 들려주는 곳도 자동차 안이다. 물론, 영화의 주요 공간은 NJ의 아파트이며, 인물들은 집과 사무실, 카페 같은 전통적 의미의 장소들에도 자주 머문다. 하지만 영화는 이러한 장소들에 놓인 인물들의 모습을 주로 창 너머로 보여주거나 혹은 유리창에 반사된 흐릿한 이미지로 보여주면서, 이들이 각 장소에 제대로 속하지 못하고 있음을 암시한다. 비장소든 장소든, 인물들은 도시의 공간들을 온전히 경험하지 못한 채 단지 유령처럼 스치며 배회하고 있는 것이다.

따라서 도시의 장소와 비장소들을 배회하는 인물들의 관계는 끊임없이 겉돌거나 어긋난다. NJ는 30년 만에 재회한 첫사랑과 끝내 감정의 실타래를 풀지 못하고 헤어지며, 아내가 극심한 공허와 우울에 시달리는 걸 알면서도 아무런 말도 건네지 못한다. 감독의 다른 영화들에서도 마찬가지다. 〈타이페이 스토리〉에서 두 연인은 서로를 이해하지 못한 채 각자 자기 삶의 틀 안에 갇혀 있고, 〈공포분자〉의 젊은 부부도 서로의 미래와 고민에 대해 전혀 관심이 없다. 에드워드 양의 인물들은 모두 외로움과 공허에 허덕이면서도 정작 가장 가까이 있는 이의 삶에는 무관심하며, 결국은 서로로부터 멀어지면서 서로를 소외시킨다.

거짓과 비이성의 시대

영화의 인물들은 처음부터 끝까지 서로 속이고 속는다. NJ의 처남은 신혼임에도 아내 몰래 전 애인을 만나 잠자리를 갖고, 투자액을 몇 배로 불려주겠다는 친구에 속아 거액을 날린다. 주변으로부터 진실하다는 평을 듣는 NJ도 식구들 몰래 일본에서 첫사랑을 만나 밀회를 즐기며, 그의 회사 동료들은 일본인 사업가를 상대로 거짓을 일삼는다. 또 순수해 보이는 팅팅은 친구 리리에게 그녀의 전 남자친구와 데이트하는 사실을 속이고, 리리는 패티와 만나면서도 자신의 영어 선생님과 육체관계를 맺는다. 그리고 NJ의 아내가 머물고 있는 절의 스님은 NJ를 찾아와 그럴듯한 말을 늘어놓으면서 실제로는 돈을 요구한다. 모두가 모두에게 '거짓'을 말하고 있는 세상. 아무렇지도 않게 서로를 속이고 또 아무렇지도 않게 일상을 반복하는 세상. 그곳에서 진실은 아무런 가치도 얻지 못하며, 그저 거추장스러울 뿐이다. 오히려 삶의 표면 아래 묻혀 있어야 하고, 어쩌다 표면 위로 삐져나오면 비극이 시작된다.

진실과 거짓의 구분이 무의미해진 세계에서 사람들은 쉽게 '집착'과 '비이성'에 빠져든다. 특히 자신이 진실하다고 믿을수록, 또 타인에게 진실을 기대할수록, 집착과 비이성의 정도가 심해진다. 에드워드 양의 영화에서 집착과 비이성은 종종 평온한 일상의 껍질을 뚫고 분출되는데, 그 분출의 결과는 주로 폭력과 죽음이다. 〈공포분자〉에서 립중은 자신이 집착하던 사회적 성공과 결혼생활이 모두 실패로 돌아가자 끝내 아내와 내연남의 살해 또는 자살이라는 극단적 행위를 저지른다(영화는 두 개의 결말을 동시에 제시한다). 또 〈고령가 소년 살인사건〉(1991)에서는 시대의 광기와 폭력성을 체화해가던 소년이 자신이 사랑하는 소녀가 진실을 거부한다고 판단하자, 그 사실을 받아들이지 못하고 칼로 소녀를 찌른다. 〈하나 그리고 둘〉에서의 청소년 패티 역시 자신이 좋아하는 리리가 영어 선생님과 부적절한 관계를 맺자 그를 찾아가 살해한다. 이들 모두는 스스로 진실하다고 믿기에 타인의 거짓을 참지 못하며, 거짓으로 뒤덮인 세상의 무게를 견디지 못하다가 끝내 광기 어린 폭력을 행사한다.

영화 내내, 어린 양양은 아빠가 준 카메라로 주변 사람들의 뒷모습을 찍거나 모기가 날아다니는 텅 빈 아파트 복도를 찍는다. 아이가 보여주는 뒤통수 사진들은 자신의 이면을 잊고 사는 현대인들, 즉 거짓에 빠져 진실을 잊거나 혹은 진실을 주장하며 자신의 광기를 외면하는 현대인들의 초상이다. 이들 중 누구도 타인을 온전히 이해하지 못하며, 자기 자신조차 제대로 이해하지 못한다. 양양의 사진은 의심할 여지 없이 감독 에드워드 양이 추구하는 영화의 메타포다. 영화에서 유일하게 거짓에 물들지 않은 인물인 아이의 말을 빌려, 그는 "사람들이

보지 못하는 것을 보여주고 싶다"고 고백한다. 다소 부담스러울 수도 있는 그의 이 토로는, 그러나 시간이 지날수록 더 강한 생명력을 얻어 우리의 굳어버린 머리를 흔든다. 거짓이 진실을 누르고 있을 뿐 아니라 아예 진실의 작은 조각조차 찾기 힘든 이 시대에, 그의 소박한 고백이 점점 더 간절한 외침처럼 증폭되고 있는 것이다.

청명한 가을 하늘에 감도는 비린내

홍상수의 〈생활의 발견〉

홍상수의 영화 〈생활의 발견〉(2002)은 제목부터 묘한 호기심을 불러일으킨다. 무엇을 발견한다는 걸까? 영화 도중 주인공이 무언가 중요한 것을 깨닫는 걸까? 인생의 지혜라도 얻는 걸까? 린위탕의 동명 에세이에서 아무 뜻 없이 빌려온 제목처럼, 인물들은 영화가 끝날 때까지 아무것도 발견하지 못한다. 단지 자신의 욕망과 집착만을 확인할 뿐이다. 끊임없이 이어지는 인물들의 대화도 마찬가지다. 인물들은 의미가 기화되어 버린 텅 빈 언어들로 진실을 덮으면서 오로지 서로를 속이는 데만 열중한다. 전작들에서와 달리 허허실실한 유머가 더해졌지만, 이 영화에서도 홍상수는 여전히 날카로운 시선으로 겹겹이 감춰져 있는 우리의 비루한 민낯을 들춰내 보여준다. 그 어떤 영화보다 더 정교한 형식을 바탕으로, 우리의 내면에서 일어나고 있는 온갖 욕구와 갈등을 냉정하게 형상화한다.

거울 속의 거울

영화는 총 일곱 개의 장으로 구성되어 있지만, 실질적으로는 전반의 '춘천 이야기'와 후반의 '경주 이야기'로 나뉜다. 먼저, 춘천 이야기에서 배우 경수(김상경)는 기다리던 영화 출연이 좌절되자 춘천에 사는 선배 성우(김학선)를 보러 떠난다. 그곳에서 성우의 소개로 알게 된 무용수 명숙(예지원)과 하룻밤을 보내지만, 명숙이 성우의 애인임을 알고 난처한 상황에 처한다. 경수는 노골적으로 애정을 표현하는 명숙을 뿌리치고 부산행 기차에 오르는데, 옆자리에 앉은 선영(추상미)과 인사를 나누게 되고 이때부터 경주 이야기가 시작된다. 선영을 쫓아 무작정 경주에 내린 경수는 그녀를 만나 잠자리를 갖고 이내 마음을 빼앗기지만, 교수 부인인 선영은 그를 일회적인 만남의 상대로 여긴다. 선영은 우연히 들른 점집에서 그녀의 남편 사주를 칭찬하자 경수를 골목에 남겨둔 채 황급히 집으로 들어가버리고, 골목에서 비를 맞으며 그녀를 기다리던 경수는 결국 마음을 접고 다시 길을 떠난다.

영화의 전반과 후반에서 수많은 요소들이 마치 거울 속 이미지처럼 뒤바뀐 형태로 반복되면서 서로를 지시한다. 전반에 명숙이 경수에게 건넨 사진의 뒷장에는 “내 안의 당신 · 당신 안의 나”라고 적혀 있고, 후반에 선영이 호텔을 떠나며 남긴 메모지에는 “당신 속의 나! 내 속의 당신!”이라고 적혀 있다. 춘천에서 경수는 술만 마시면 몸을 흔드는 성우의 행동을 지적하지만, 경주에서는 자신이 술을 마시며 몸을 흔든다. 또 전반에는 명숙이 먼저 경수에게 사랑을 고백하는 반면, 후반에는 경수가 먼저 선영에게 사랑한다고 말한다. 인물들의 말과 행동을 통해 형성되는 이러한 ‘대칭 구도’는 영화 곳곳에서 시각적으로도 강조된다. 가령, 전반 마지막의 춘천 버스터미널 장면에서 붉은 옷을 입은 경수와 파란 웃옷을 입은 명숙의 뒷자리에는, 파란 웃옷을 걸친 남성과 붉은 옷을 걸친 여성이 똑같은 자세로 앉아 있다. 하나의 화면 안에서 두 커플이 성별만 바뀐 채 좌우 대칭 구도를 이루고 있는 것이다. 이러한 화면 구도는 이어지는 후반의 이야기에서 남녀의 행동 패턴이 뒤바뀔 거라는, 그러나 결국은 동일한 욕망의 이야기가 펼쳐질 거라는 사실을 암시한다. 영화 마지막에 단 한 번 등장하는 음악의 제목이 아르보 패르트의 〈거울 속의 거울Spiegel im Spiegel〉인 것도 의미심장하다.

모든 일은 경수의 머릿속에서 일어난다

이처럼 정밀한 대칭 구도를 통해 영화가 궁극적으로 드러내려는 것은 등장인물들의 머릿속에서, 특히 주인공 경수의 머릿속에서 일어나는 '정신적 사건들'이다. 이를 위해 홍상수는 가시적 이미지와 비가시적 이미지의 결합이라는 고난도 양식을 택한다. 우선, 영화 전반에 '청평사 회전문'이 일종의 비가시적인 이미지로 제시된다. 경수는 성우와 함께 춘천호 인근의 청평사를 찾아가는데, 도중에 성우가 청평사 회전문 전설에 대해 들려준다. 옛날 중국에서 공주를 연모하다 죽은 한 젊은이가 뱀으로 환생해 공주의 몸을 휘감고 놓아주지 않자, 뱀을 떼어내기 위해 갖은 수를 쓰던 공주가 각지를 돌아다니다가 한국의 청평사까지 이르렀다는 것. 그런데 잠시 밥을 구하러 절에 들어간 공주가 나오지 않아 뱀도 따라 들어가려는 찰나 갑자기 천둥소리와 함께 소나기가 쏟아지자, 뱀은 회전문을 통과하지 않고 공주를 포기한 채 사라졌다는 것. 여기에, 성우는 청평사 문이 실제로 회전문이 아니라 평범한 사찰의 문이라는 설명을 덧붙인다. 그리고 청평사 앞에 도착한 두 사람은 잠시 머뭇거리다가 특별한 이유 없이 돌아서 나온다.

영화의 서사와 전혀 무관하게 삽입된 듯한 이 이야기는 그러나 영화 후반 은밀한 방식으로 다시 가동된다. 경수 역시 전설 속의 뱀처럼 선영에게 집착하고 그녀의 주위를 집요하게 맴돌기 때문이다. 경수의 집착이 전설 속 뱀의 집착에 대한 무의식적인 모방이라는 점을 암시하기 위해, 감독은 여러 요소들을 활용한다. 우선 경수와 선영의 이야기를 다룬 제7장의 타이틀이 "경수가 회전문의 뱀을 떠올리다"이며, 영화의 공식 영어 제목도 회전문을 뜻하는 "Turning Gate"이다. 회전문 전설에서와 마찬가지로, 영화의 마지막에서도 선영을 기다리던 경수는 천둥과 함께 소나기가 쏟아지자 포기하고 돌아선다. 또한 영화에 수차례 등장하는 선영의 집의 높고 커다란 '솟을대문'은 옛 양반 가옥의 대문 형태를 그대로 유지하고 있어, 그와 유사한 옛 사찰의 문을 자연스럽게 떠올리게 한다. 즉 관객은 영화의 마지막 장면에서 경수가 선영의 집 대문이라는 가시적 이미지를 통해 청평사 회전문이라는 비가시적 이미지를 떠올린다는 것을 알아차릴 수 있다. 그가 선영의 집 대문을 바라보며 자신의 처지가 전설 속 뱀의 처지와 비슷하다고 생각했을 것이라는 추론에 이를 수 있다. 영화의 전반과 후반에 교묘하게 배치된 대사와 이미지들 덕분에, 주인공의 머릿속으로 들어가 '그가 본 것'과 '그가 상상하는 것' 사이의 관계를 파악할 수 있게 되는 것이다.

가시적 이미지와 비가시적 이미지의 교합을 통해 정신적 사건들의 묘사를 추구한다는 점에서, 홍상수는 에릭 로메르로 대표되는 모더니즘의 한 계보를 이어간다고 할 수 있다. 로메르의 영화에서와 마찬가지로 그의 영화에서도 중요한 것은 삶의 외적 영역에서 일어나는 물리적 사건들이 아니라, 그러한 외적 사건들의 매 순간마다 등장인물의 머릿속에서 일어나는 심리적 변화들 혹은 내적 사건들이다. "모든 일은 주인공의 머릿속에서 일어난다"는 로메르의 언급처럼, 〈생활의 발견〉에서도 모든 일은 경수의 머릿속에서 일어난다. 인물들의 말과 행동에 의해서가 아니라, 그들이 무언가를 말하거나 행할 때 그들의 머릿속에 나타나는 것들에 의해 영화의 진정한 의미가 구축되는 것이다.

사람도 괴물도 아닌 이들의 유전流轉 일지

주인공 경수는 안티히어로의 한 전형이다. 그는 매사에 소심하고 찌질하며, 언변에도 능하지 못하다. 자신에게 닥친 상황들을 바꾸거나 해결할 능력을 갖추지 못했고, 선영과의 사이에 넘어설 수 없는 벽을 느끼자 '같이 죽자' 말하며 그녀에게 안길 만큼 퇴행적이기도 하다. 도시들을 옮겨다니며 자신에게 다가오는 다양한 자극들을 받아들이지만 그에 적극적으로 대응할 의지도, 능력도 없어 보인다. 그리고 수시로 타인을 모방한다. 타인의 행동을 곧바로 따라 할 뿐 아니라, '사람은 못 되더라도 괴물은 되지 말자' 같은 타인의 언어 역시 그대로 모방해 자신의 언어처럼 타인에게 옮긴다. 사유를 유보한 혹은 스스로 사고를 정지시킨, '생각하지 않는 사람'으로서의 그. 늘 무언가에 대해 고민하는 듯하지만 실상은 단순한 욕망들로 가득차 있는 그.

이 텅 빈 백지 같은 존재는 자신의 투명성으로 인해 그와 접촉하는 타인들의 위선과 상투성을 더 분명하게 드러내준다. 선영의 남편은 운동권 출신의 국립대학 교수이자 "평생 다른 사람을 위해서만 사는 사람"이지만, 부인 몰래 다른 도시에서 젊은 여성과 데이트를 즐긴다. 선영 또한 경수와 일시적인 육체관계를 즐기면서도, 남편에 대한 절대적 존경과 애정을 공공연히 드러낸다. 그 밖의 다른 주변 인물들, 영화감독이거나 작가이거나 무용수인 이들도 별반 다를 게 없다. 모두 진지한 표정으로 서로를 속이고, 겉으로 진실을 내세우면서 속으로는 각자 자신의 욕망을 추구한다. 그러므로 이들 모두는 영화 속 대사처럼, 사람도 괴물도 아니다. 단지 입만 살아 움직이는 무정형의 개체들, 혹은 비릿한 리비도적 욕구만이 남아 있는 고깃덩어리들일 뿐이다.

홍상수의 영화는 이후로 변화를 거듭한다. 늘 비슷해 보이지만, 늘 조금씩 다른 방식으로 다른 길을 모색해간다. 시간이 지날수록 다층적이고 정교한 영화 구조 대신 미니멀리즘에 가까운 단순한 구조를 취하며, 일련의 자기고백 영화들을 통해 지속적으로 '영화란 무엇인가'에 대해 질문하고 있다. 이 또한 그 누구도 따라할 수 없는 그만의 특별한 작업이지만, 가끔은 〈생활의 발견〉 같은 그의 지난 영화들이 그립다. 언뜻 밋밋해 보이지만 자세히 들여다보면 아주 작은 요소들까지 정밀하게 끼워 맞춰져 있는 영화, 헛헛한 실소로 우리의 너저분한 욕망과 볼품없는 실체를 조소하는 그의 영화가 문득문득 아쉽다. 아무 일 없다는 듯이 청명한 날에는, 특히.

멀리, 그리고 홀로

누리 빌게 제일란의 〈우작〉

새벽 어스름이 걷히는 시각, 멀리서 한 남자가 눈 덮인 언덕을 힘겹게 걸어오르고 있다. 새소리, 동물 소리만이 들려오는 고요한 시골 언덕이다. 남자가 언덕을 다 오를 때까지 움직이지 않고 바라보던 카메라는 천천히 시선을 돌려 멀리 떨어진 또다른 언덕과 그 사이에 난 길을 응시한다. 어디선가 흘러와 어디론가 이어지는 길. 누리 빌게 제일란의 영화 〈우작〉(2002)은 이 적막한 시골 언덕 풍경으로 시작한다. 보는 이에 따라 전혀 다른 의미로 다가올 수 있는 이 풍경은 아마도 누군가의 내면을 비춰주는 풍경일 것이다. 주인공일 수도 있고 감독일 수도 있고, 혹은 우리 모두일 수도 있는 그 누구.

죽음보다 깊은 고독

사진작가 마흐무트(무자페르 외즈데미르)는 아내와 이혼한 후 이스탄불의 아파트에서 혼자 살고 있다. 어느 날, 사촌 유수프(에민 토프라크)가 고향에서 올라와 일자리를 구할 때까지 그의 집에 잠시 머무르기로 한다. 항구에서 선박 일자리를 구하려는 유수프의 계획은 뜻대로 이루어지지 않고, 날이 갈수록 늘어가는 마흐무트의 잔소리에 불만이 쌓여간다. 마흐무트 또한 무신경하고 지저분한 유수프의 행실에 분노와 멸시의 감정이 커져간다. 마흐무트는 외로움을 달래기 위해 만나던 정부情婦가 다른 남자와 만나는 걸 목격하고, 아직 애정이 남아 있는 전 부인으로부터는 캐나다로 이민을 떠나 다시는 못 보게 될 거라는 얘기를 듣는다. 시간이 지날수록 냉랭해지던 두 남자의 동거는 마흐무트가 자신의 회중시계를 훔친 범인으로 유수프를 의심하면서 한계에 다다른다. 결국 유수프는 마흐무트가 집을 비운 사이 짐을 챙겨 고향으로 떠나고, 집에 돌아와 다시 혼자가 된 걸 깨달은 마흐무트는 바닷가에 나가 석양을 바라보며 유수프가 남기고 간 싸구려 담배를 핀다.

처음부터 끝까지, 영화는 고독의 그늘에서 벗어나지 못한다. 좁은 실내에서든, 황량한 거리에서든 인물들의 표정과 몸짓에는 짙은 외로움이 그림자처럼 따라다닌다. 마흐무트는 이미 고독에 익숙하다. 혼자 작업하고 혼자 식사하며, 홀로 영화

나 에로 비디오를 보면서 밤을 지새운다. 어두운 방 저편에서 빛을 발하고 있는 TV만이 그의 유일한 동반자처럼 보인다. 유수프는 가난해서 외롭다. 모르는 사람과 쉽게 대화를 나누고 거리에서 여자들을 쫓아다니지만, 그 누구와도 가까워지지 못한다. 가진 게 없고 할 줄 아는 것도 없는 그는 어느 곳에도 속하지 못하고 홀로 떠돈다. 두 사람에게 대화는 결코 소통의 수단이 되지 못하고, 대화를 하면 할수록 서로 점점 더 멀어지고 오해만 쌓인다. 오히려 침묵이 각자의 주변을 감싸면서 둘 사이의 거리를 유지해준다.

인물들의 고독은 영화의 다양한 형식을 통해 더욱 강조된다. 사진작가 출신의 감독은 프레임, 구도, 조명, 포커스 등 영화의 시각적 형식들을 충분히 이용하면서 인물들 사이의 단절과 고립을 효과적으로 나타낸다. 실외 장면뿐 아니라 실내 장면에서도 수시로 사용되는 망원렌즈는 자연스럽게 배경을 아웃포커스하면서 인물들을 세상으로부터 분리해 고립시킨다. 또 마흐무트가 정부나 유수프와 함께 등장하는 실내 장면들에서는 두 인물의 위치를 세심하게 조정한 화면 구도가 결코 가까워질 수 없는 이들의 내적 거리를 표현해준다. '프레임 안의 프레임' 형식도 적극 활용되는데, 여러 개의 방들과 긴 복도로 이루어진 아파트 내부에서 인물들은 자주 문이나 벽, 거울 같은 이차프레임 안에 갇히며 그 안에서 이러지도 저러지도 못한 채 머뭇거린다. 의도적인 롱 숏의 사용으로 인해 더욱 강조되는 비좁은 이차프레임 안에서의 고립은 현대 도시에서의 삶을 감옥에 비유한 감독의 언급을 떠올리게 하고, 한정된 실내 공간에서도 각자의 틀 안에 갇힌 채 유리되는 인물들의 쓸쓸한 정서를 전달한다. 마흐무트와 유수프가 각각 유리문 안쪽과 바깥쪽(테라스)에 서서 먼 곳을 바라보는 서재 장면은 그 탁월한 예라 할 수 있는데, 같은 방향을 바라보고 있지만 중간의 문틀로 분리되어 서로 다른 프레임 안에 갇혀 있는 두 사람의 모습은 서로에게 느끼는 단절감을 극대화시켜 보여준다.

멀리, 환멸을 찾아서

영화 속 인물들은 단절되거나 고립될 뿐 아니라, 늘 '부재'한다. 그들은 그곳에 있지만 동시에 그곳에 없고, 그들의 마음은 영화 제목처럼(터키어 '우작uzak'의 뜻은 '먼, 멀리 떨어진') 여기가 아닌 다른 '먼 곳'을 향한다. 두 주인공은 영화의 공간들에서 각각 다른 방식으로 부재한다. 가령 일을 얻기 위해 부지런히 돌아다니는 유수프에게 도시는 항상 분절된 이미지로 나타난다. 도시 전체의 풍경은 눈에 들어오지 않고, 즐거워하거나 바삐 움직이거나 한가로이 거니는 사람들을 담은 도시의 공간들이 서로 연결되지 않은 채 매번 조각난 상태로 다가온다. 마흐무트의 집에서도 그는 외부인이라는 정체성에서 벗어나지 못하는데, 다수의 거실 장면들이 보여주는 것처럼 마흐무트가 이미 점령하고 있는 공간에 존재해서는 안 될 사람처럼 어정쩡하게 등장했다가 퇴장하기를 반복한다. 요컨대 도시의 공간들에서 유수프는 존재하기보다는 부재하는 감정을 느끼며, 마치 유리벽 반대편에 놓인 것처럼 모든 것을 보면서도 만질 수는 없는 심한 소외감에 빠진다. 파편화된 도시 공간들 사이에서 유수프가 반복적으로 바라보는 먼 곳은 그가 선원이 되어 가고 싶은 미지의 세계일 수도 있고, 혹은 영화 처음에 등장했던 고향 마을일 수도 있다.

한편 마흐무트는 영화 내내 일정한 거리를 두고 묘사된다. 실내든 실외든, 그가 등장하는 거의 모든 장면들은 피사체와 카메라가 일정한 거리를 유지하는 객관적 시점 숏으로 표현된다. 이 거리는 관객으로 하여금 인물의 작은 몸짓이나 행동까지도 세심하게 관찰할 수 있게 해주는데, 달리 보면 마흐무트가 그 자신에 대해 갖는 거리이기도 하다. 그는 가족, 애인, 친구, 사촌 등 모든 이들과 거리를 두고 싶어할 뿐 아니라, 자기 자신과도 철저히 분리되어 일정한 거리를 유지하고 싶어하기 때문이다. 그는 집에, 거리에, 식당에 존재하지만 동시에 그 모든 곳에 부재하고, 자기 자신으로부터 '멀리 떨어져서' 하루하루 권태로운 일상을 보내고 있는 자신의 모습을 무심히 바라보기만 한다. 이따금씩 어떤 특별한 감정에 휩싸일 때만 거리를 좁혀 자신에게 다가가는데, 전 부인과의 대화 장면이나 유수프와의 언쟁 장면 그리고 영화의 마지막 장면 등이 그에 해당한다.

무엇 때문에 마흐무트는 이처럼 자신으로부터 떨어져나와 거리를 유지하고 있는 걸까? 무엇 때문에 삶의 모든 것에 지독한 권태와 환멸을 느끼고 있는 걸까? 동료들에게 "사진은 죽었다"라고 말할 만큼 그는 이미 예술에 열정을 잃었으며, TV 속 테러범들의 모습을 무심히 쳐다볼 만큼 세상만사에도 관심이 없다. 또 병든 어머니부터 누나, 애인, 친구, 친척에 이르기까지 그 누구에게도 관심이 없고, 자신의 슬픔이나 욕망, 꿈조차도 모두 헛된 것인 양 바라본다. 마흐무트가 보여주는 권태와 환멸은 이후로도 제일란 영화의 주인공들에게서 지속적으로 나타난다. 〈원스 어폰 어 타임 인 아나톨리아〉(2011)에서 젊은 시골 의사가 느끼는 권태와 환멸, 〈윈터 슬립〉(2014)에서 카파도키아 마을의 주인공들이 느끼는 그 지독한 권태를 떠올려보라.

따라서 언뜻 대조적으로 보이는 영화 속 시골 풍경과 도시 풍경은 사실 같은 의미를 가리키는 기표들인지도 모른다. 특히, 분절되지 않고 단 하나의 롱테이크 숏으로 구성된 첫 장면의 언덕 풍경은 시골 마을의 평온함을 보여주는 것일 수 있지만, 다른 한편으로는 우리 모두가 삶에 대해 느끼는 근원적인 권태와 지루함을 표현하는 것일 수도 있다. 도시에 머물든 시골에 머물든, 삶이 계속되는 한 커져갈 수밖에 없는 권태를 미리 나타내는 것일 수 있다. 감독의 다른 영화들에도 단골로 등장하는, 끝없이 이어지는 아나톨리아 지방의 황량한 구릉들 풍경은 이 언덕의 의미를 무한히 반복하고 있는 것처럼 보인다. 더이상 희망도 꿈도 가질 수 없는 세상에 대한 환멸, 혹은 모든 희로애락을 다 삼켜버리는 거대한 일상에 대한 권태를 가리키는 길고 지루한 정신의 풍경일 수 있는 것이다.

3부

세상의 가장 낮고 어두운 곳에서

삶도, 영화도 계속되어야 한다

압바스 키아로스타미의 〈그리고 삶은 계속된다〉

1895년 12월 28일 뤼미에르 형제가 시도한 최초의 영화 상영은 커다란 스캔들과 함께 격렬한 논쟁을 낳는다. 그들의 발명을 인정하지 않는 문화계 인사들이 영화가 보여주는 현실의 움직임은 모두 조잡한 눈속임에 불과하다고 주장하고 나선 것이다. 하지만 이들의 비난은 주목받지 않았던 의외의 영화 한 편으로 빠르게 종식된다. 〈아기의 식사〉라는 짧은 영화에서, 마당 한구석에서 바람에 흔들리고 있는 나뭇잎의 움직임이 뒤늦게 사람들의 시선을 사로잡은 것이다. 영화 속의 모든 움직임을 가짜로 만들어낼 수 있어도 나뭇잎의 미세한 흔들림만큼은 결코 가짜로 만들어낼 수 없다는 사실, 즉 실제 움직임의 재생이라는 사실을 모두 인정할 수밖에 없었다. 간혹 이 최초의 영화에서 보았던 나뭇잎의 흔들림을 그 느낌 그대로 되살려내는 영화들이 있다. 압바스 키아로스타미의 〈그리고 삶은 계속된다〉(1991)도 그런 영화 중 하나다. '코케르 삼부작' 혹은 '지그재그 삼부작'으로 불리는 세 편의 영화 중 두번째에 해당하는 이 영화는 한편으로는 지진이라는 대재난 이후의 삶을 보여주지만, 다른 한편으로는 영화의 본질에 대해 질문하면서 자연스럽게 그 기원을 찾아간다.

삶을 이어주는 길

영화는 다큐멘터리와 픽션을 오가는 교묘한 형식으로 구성되어 있다. 1990년 이란 북부에 대지진이 일어나자, 감독은 아들과 함께 차를 몰고 자신의 영화 〈내 친구의 집은 어디인가〉(1987)에 출현했던 두 소년의 행방을 찾아 나선다. 영화의 배경이기도 했던 소년들의 동네 '코케르'가 심한 지진 피해를 입은 곳 중 하나였기 때문이다. 하지만 코케르로 가는 길들은 대부분 사라져버렸고 그나마 접근 가능한 고속도로도 차들로 꽉 막혀 있다. 감독은 길을 찾아 인근 마을을 헤매면서 다양한 사람들로부터 많은 이야기를 듣는다. 또 자신의 이전 영화에 출연했던 노인과 아이들을 만나기도 한다. 그러던 중 코케르로 가는 길을 찾게 된 감독은 난민촌에 아들을 맡기고 홀로 차를 몰고 떠난다. 그의 낡은 차는 가파른 경사를 넘지 못하고 여러 번 미끄러져 내리지만, 지나가는 이의 도움을 받아 마침내 험한 고갯길을 넘어간다.

실재와 허구가 뒤섞인 이 줄거리를 바탕으로 영화는 참담한 재해의 현장을 있는 그대로 보여준다. 〈내 친구의 집은 어디인가〉에 등장했던 소박하고 정겨운 시골 마을의 풍경은 온데간데없이 사라졌다. 미로처럼 얽혀 있던 좁은 골목, 노새와 염소가 오르내리던 돌계단, 진흙과 벽돌로 지어진 오래된 집들도 모두 무너지거나 땅 밑에 묻혀버렸다. 먼지 가득한 잔해들과 흙더미 속에서 무엇이라도 찾아내려 애쓰는 무표정한 사람들의 모습은 영화 내내 보는 이의 마음을 착잡하게 만든다. 그러나 막상 감독과 만나 얘기를 나누는 사람들의 태도는 담담하다. 집과 가족 등 거의 모든 것을 잃었지만, 그래도 남아 있는 생을 전과 다를 바 없이 살아가려 한다. 누구는 친척 중 65명이 죽었어도 비닐하우스를 만들어 신혼살림을 시작하고, 누구는 여동생과 조카 셋을 잃고도 월드컵 경기를 보기 위해 난민촌에 TV안테나를 설치한다. 또 누구는 무너진 집의 베란다에서 화분에 물을 주며 중단되었던 일상을 다시 이어간다.

그리고 길 위에는 끊임없이 오가는 사람들이 있다. 이들은 가스통이나 탁자, 석유난로 같은 무거운 짐을 지고 이 마을에서 저 마을로 몇 시간씩 걸어서 이동한다. 모든 것이 사라져버렸지만, 길을 통해 다시 삶을 꾸리고 새로 시작하려 하는 것이다. 키아로

스타미의 다른 영화들에서처럼, 이 영화에서도 길의 의미는 절대적이다. 길이 있어야 삶이 가능하고, 길이 사라지면 삶도 사라져버리기 때문이다. 〈내 친구의 집은 어디인가〉에서 길이 마을과 마을을 이어주는 길이고 〈올리브 나무 사이로〉(1994)에서 길이 사람과 사람을 이어주는 길이라면, 이 영화에서 길은 지진으로 끊어진 삶을 다시 이어주는 길이라 할 수 있다.

영화란 무엇인가

이 영화에는 허구와 실재, 영화와 현실 사이의 경계를 교묘히 무너뜨리는 다양한 장치들이 삽입되어 있다. 이러한 시도는 무엇보다 전작인 〈내 친구의 집은 어디인가〉에 출연했던 모든 이들이 전문 배우가 아니라 마을에서 직접 캐스팅된 일반인이었기 때문에 가능할 수 있었다. 우선 감독은 전작에서 주인공 역을 맡았던 소년들의 실제 상황을 알아보기 위해 그들의 마을로 직접 찾아간다. 그런데 영화에 등장하는 감독은 실제 감독이 아니라 대역 배우(파해드 커라드먼드)다. 그는 마을로 들어가는 길을 찾다가 전작에서 조연으로 등장했던 이웃 마을의 소년들을 만난다. 마찬가지로 전작에 등장했던 한 노인을 만나는데, 노인은 영화 속 감독에게 자신이 영화에서 실제보다 더 늙게 나왔다고 불평을 늘어놓는다. 그러다가 갑자기 카메라를 바라보며 영화를 찍고 있는 진짜 감독(키아로스타미)에게 물그릇이 어디 있냐고 물어본다. 즉 영화는 이전 영화에서 '허구'의 등장인물로 나왔던 '실제' 사람들과의 만남을 보여주지만, 이 만남은 다큐멘터리 형식이 아니라 '허구'의 스토리를 기반으로 진행된다. 도대체 어디까지가 허구이고 어디까지가 사실인가? 어디까지가 영화의 영역이고 어디까지가 현실의 영역인가?

허구와 실재 사이의 이 같은 경계 허물기는 사실 키아로스타미의 영화 전체를 가로지르는 중요한 특징 중 하나다. 실제 재판 과정을 촬영하면서 사기 피해를 입은 가족과 피고인에게 사기의 과정을 재연하게 하는 〈클로즈업〉(1990)에서부터 처음 만난 남녀가 이탈리아 토스카나 지방을 돌아다니며 부부 역할놀이를 하는 이야기를 담은 〈사랑을 카피하다〉(2010)에 이르기까지, 그의 많은 영화들은 허구와 실재 사이에서 매우 유려한 월경越境의 유희를 보여준다. 그런데 이러한 월경의 시도들은 단순히 형식적 실험이나 지적 유희를 위한 것이 아니다. 그보다는 영화라는 매체에 대한 부단한 질문과 사유를 향한다. 키아로스타미에게 영화란 그 자체로 '또하나의 현실'이기 때문이다. 그에게 영화는 우리가 살고 있는 현실을 담아내는 그릇이자 동시에 현실의 일부이며, 따라서 픽션과 다큐, 허구와 실재의 구분은 무의미하다. 시간이 흐르고 있고 생이 진행중인 현실을 보여줄 수 있다면, 그 어떤 형식이든 중요하지 않은 것이다.

〈그리고 삶은 계속된다〉의 한 장면은 영화의 의미와 본질에 대한 키아로스타미의 깊은 사유를 잘 드러내준다. 영화 중반, 주인공-감독은 어느 집 입구에 앉아 있다가 허물어진 벽의 창문 너머로 바람에 흔들리는 올리브 나무를 발견한다. 그리고 무엇엔가 홀린 듯 다가가 한참을 바라본다. 마치 뤼미에르 형제의 영화에서처럼, 올리브 나무의 나뭇잎들이 무너진 마을 구석 어딘가에서 바람에 흔들리며 고요히 시간 속을 지나고 있는 것이다. 영화는 우리에게 처음으로 현실의 움직임을 재생해 보여주었고, 그로부터 다른 어느 매체와도 구별되는 독자성과 고유한 매력을 얻을 수 있었다. 키아로스타미의 영화들은 그 최초의 영화적 매혹이 여전히 우리를 사로잡고 있고 있음을 입증해주는 특별한 예라 할 수 있다.

이 소년을 보라

다르덴 형제의 〈약속〉

결말이 두려워 끝까지 보기 힘든 영화가 있다. 이 영화가 그렇다. 영화 중간쯤, 소년은 술집에서 양아버지와 얼굴을 맞대고 흥겹게 노래를 부른다. 거짓말을 했다는 이유로 그에게 무지막지하게 두들겨맞은 뒤다. 미소 짓는 소년의 얼굴에는 온갖 상념이 스쳐 지나간다. 자리를 옮긴 소년이 어른들과 술을 마시며 크게 웃고 떠드는 장면에서부터는 왠지 불길한 예감마저 들기 시작한다. 어쩌려고 이런 모습들을 보여주는 걸까? 어떤 비극으로 소년을 몰아가려고? 다행히 영화는 예감을 배반하고 결말을 열어둔 채 끝난다. 소년은 폭력적인 양아버지에게서 도망쳤고 한 치 앞도 모르는 현실에 내던져졌다. 이 소년은 어디로 갈 것인가? 어떻게 남은 생을 살아갈 것인가?

문명의 사각지대, 그리고 주변인들

영화 〈약속〉(1996)은 다르덴 형제의 세번째 장편 극영화다. 이전까지 그들은 자신들의 고향인 벨기에 북부를 배경으로 삼아 주로 다큐멘터리 영화 제작에 전념했었다. 이 영화로 다르덴 형제는 세계 영화계의 주목을 받으면서 단숨에 벨기에를 대표하는 시네아스트로 부상한다.

영화의 이야기는 열다섯 살 소년 이고르(제레미 레니에)를 중심으로 펼쳐진다. 이고르는 정비소 견습생이지만 양아버지 로제(올리비에 구르메)의 조수 역할에 더 많은 시간을 할애한다. 불법입국자들을 상대로 브로커 일을 하는 양아버지가 그에게 쉴새없이 일을 맡기기 때문이다. 뿐만 아니라 양아버지는 담배를 나눠 피고 함께 술을 마시는 등 아무 거리낌 없이 소년을 성인의 세계로 끌어들인다. 그런데 돈독해 보이던 이들의 파트너십은 우연한 사고를 계기로 흔들리기 시작한다. 그들이 관리하던 한 아프리카계 불법입국자가 건물에서 떨어져 중상을 입은 것이다. 소년은 그를 병원에 데려가려 하나, 말썽이 생기는 걸 원치 않는 양아버지가 산 채로 건물 밑에 묻어버린다. 이때부터 소년은 갈등과 죄책감에 시달린다. 죽어가던 이에게 엉겁결에 그의 아내와 아이를 돌봐주겠다고 약속했기 때문이다. 양아버지가 죽은 이의 아내를 사창가에 넘기려 하자 소년은 그녀와 함께 도망쳐나온다. 그리고 갖은 노력

끝에 그녀가 아이를 데리고 벨기에를 떠날 수 있도록 기차표와 여비를 마련해준다. 약속을 지키기 위해, 그 나름대로 최선을 다한 것이다. 기차역까지 그녀를 따라온 소년은 마침내 그녀에게 진실을 고백한다. 그녀는 말없이 그를 노려보다가 플랫폼을 빠져나와 어디론가 걸어가고, 그녀를 쫓아가는 소년의 뒷모습을 보여주면서 영화가 끝난다.

이 모든 이야기는 영화 내내 거침없는 카메라 움직임과 생생한 현장음향으로 전달된다. 카메라는 인물들을 따라 건물과 건물 사이, 방과 방 사이를 쉴새없이 돌아다니면서도, 인물들의 표정과 동작을 놓치지 않고 꼼꼼히 담아낸다. 하지만 그로 인해 공간은 끊임없이 절단되고 은폐된다. 이야기가 펼쳐지는 거리의 풍경도, 인물들이 사는 집의 실내도 온전히 보이는 법 없이 항상 분절되어 나타난다. 관객은 그저 삭막한 도시의 구석 어딘가에, 부서지고 버려진 공간들 어딘가에 인물들이 숨어들어 있다는 것만 파악할 수 있을 뿐이다.

이 익명의 공간들, 무국적의 장소들을 채우고 있는 이들은 말 그대로 '주변인'이다. 이후로도 다르덴 형제는 저학력 청년 실업자나 소매치기 청년, 위장결혼 이민자 등 사회의 주변인들을 영화의 주요 등장인물로 삼는데, 여기서는 불법 입국한 노동자들이 그 대상이 된다. 이들은 한결같이 열악한 환경 속에 놓여 있고, 생존을 위해 몸부림치며, 비슷한 실패를 반복한다. 또 한결같이 위험한 대로를 무단횡단하고, 도시를 점령한 차량과 건물들의 기세에 눌려 구석진 곳을 찾아다닌다. 그리고 한결같이 이들은 비-문명적인 어떤 것, 원시적이거나 야생에 가까운 어떤 것과 접촉하고 있다. 닭의 창자를 늘어뜨려놓고 남편의 행방을 점치는 아프리카계 여인(〈약속〉)이나 숲속 바위 밑의 흙을 파헤쳐 지렁이를 찾아내는 젊은 무직 여성(〈로제타〉, 1999), 도심의 강둑 아래 빈터에서 기거하는 소매치기 청년(〈더 차일드〉, 2006) 등을 떠올려보라. 문명의 사각지대로 내몰린 이들의 모습은 그 자체로 사회 시스템의 사각지대를 암시한다. 서구 사회가 자랑하는 다양한 선진 제도들이 실상은 허점투성이의 공허한 구호일 뿐이라는 걸 온몸으로 보여주고 있는 것이다. 다르덴 형제의 영화 속 주인공들은 누구 할 것 없이 그 제도의 틈새에 끼어 이러지도 저러지도 못한 채 발버둥치고 있다.

'이고르 시리즈'의 서막

〈약속〉은 다르덴 형제의 가장 훌륭한 영화가 아닐 수 있다. 이후로 나오는 그들의 영화보다 좀더 거칠고, 좀더 감정적이다. 그러나 이 영화는 다르덴 형제의 영화를 특징짓는 주요 요소들을 모두 내포하고 있는 일종의 원형archetype 같은 영화다. 저예산 제작, 동시대 사회문제, 비전문배우 같은 기본 요소들에서부터 핸드헬드 촬영, 파편화된 공간, 음악이 배제된 사운드 같은 형식적 요소들을 모두 아우른다. 또 무단횡단, 소형 이동수단에 대한 애착, 문명 내부의 야생 같은 소주제들도 모두 담고 있다.

나아가, 이 영화는 다르덴 형제의 '이고르 시리즈'를 여는 첫 작품이기도 하다. 여러모로 이고르 시리즈는 프랑수아 트뤼포의 앙투안 두아넬 시리즈와 비견될 만하다. 트뤼포가 배우 장피에르 레오를 통해 앙투안이라는 영화 속 소년의 성장 과정을 보여준 것처럼, 다르덴 형제 역시 배우 제레미 레니에를 통해 소년 이고르가 변해가는 모습을 보여주기 때문이다. 물론 두 시리즈 사이에는 크고 작은 차이들이 존재하는데, 가장 중요한 차이는 앙투안이 사회의 한 평범한 구성원으로 성장하는 것과 달리 이고르는 결코 보통의 삶에 편입되지 못한다는 사실이다. 다르덴 형제 영화의 모든 주인공들이 간절히 원하는 그 '보통의 삶' 말이다. 어른처럼 야무졌던 소년 이고르는 시간이 흘러 소매치기와 구걸로 연명하는 거리의 청년이 되어 있고, 귀찮다는 이유로 갓 태어난 자신의 아이를 몰래 팔려다 실패한다(〈더 차일드〉). 또 이십대 후반에는 형편없는 몰골의 마약중독자로 변해 있으며(〈로나의 침묵〉, 2008), 삼십대에 들어서는 자신의 몸 하나 건사하기 힘들어 열한 살 난 아들을 보육원에 맡기고 관계를 끊어버리는 비정한 아빠가 되어 있다(〈자전거를 탄 소년〉, 2011). 또래 친구들과 어울릴 때마다 양아버지에게 불려가며 아쉬운 표정을 짓던 그 소년은 어른이 되어서도 보통의 삶에 끼어들지 못한 채 여전히 세상의 주변에서 배회하고 있는 것이다.

어쩌면 다르덴 형제는 평생 동안 단 한 편의 영화를 만들고 있는지도 모른다. 비슷하면서도 매번 다른 그의 작품들은 차곡차곡 쌓이면서 거대한 하나의 세계를 이루어가고 있다. 이고르 시리즈는 그 세계를 관통하는 가장 큰 줄기이자, 가장 가슴 아프고 쓸쓸한 이야기다. 언젠가 멈출 그들의 그 거대한 필름을 제대로 탐험하기 위해, 그들이 그토록 보여주고 싶어했던 시대의 구석들을 더 잘 들여다보기 위해 우리는 이 소년의 삶을 기억해야만 한다.

버려지고 쓸모없는 것들에 대하여
아녜스 바르다의 〈이삭 줍는 사람들과 나〉

'이삭줍기권'은 추수가 끝난 밭에 누구든 들어와 밀 이삭을 주울 수 있는 권리를 말한다. 프랑스를 비롯한 유럽 국가들에서 전통적으로 이어져온 국민 권리다. 18세기 후반 프랑스 왕정은 이삭줍기권을 금지해 농민들의 격한 분노를 불러일으켰고, 그 분노는 프랑스혁명으로까지 이어졌다. 아녜스 바르다는 다큐멘터리 영화 〈이삭 줍는 사람들과 나〉(2000)에서 21세기에도 여전히 생계를 위한 '줍기'가 행해지고 있는지 궁금해한다. 현격한 빈부 격차와 지속적인 빈곤이 전제되어야만 가능한 이 행위가 계급이 사라진 현대사회에서도 실제로 일어나고 있는지 질문하는 것이다. 일흔두 살의 나이에도 그녀는 영화 내내 열정적으로 프랑스 전역을 돌아다니면서 무언가를 줍고 있는 사람들을 만난다. 그리고 그들과 함께 줍기라는 행위에 대해 묻고 사색한다.

버려지고 쓸모없는 것들의 이야기

영화는 두 개의 그림으로부터 시작된다. 하나는 잘 알려진 밀레의 〈이삭 줍는 여인들〉(1857)이고, 다른 하나는 그보다 좀 덜 알려진 쥘 브르통의 〈이삭 줍는 여인〉(1877)이다. 그림들에 대한 짧은 설명을 마친 후, 감독은 길을 떠나 수많은 장소에서 다양한 사람들을 만난다. 밀레의 그림 속 여인들처럼 모두 '허리를 숙인 채' 무언가를 줍고 있는 사람들이다. 어떤 이들은 당장의 생계를 해결해야 하는 극빈층이고, 어떤 이들은 검소한 생활습관이 몸에 밴 서민이다. 또 어떤 이들은 소비사회에 대한 저항의 표시로 일부러 쓰레기통을 뒤져 끼니를 때우는 행동가들이며, 어떤 이들은 버려진 물건들을 주워 창작의 재료로 삼는 예술가들이다. 바르다는 이들을 지켜보면서 자신도 이런 행동가나 예술가들과 다르지 않다고 강조한다. 그후, 영화는 시장에 버려진 음식들로 식사를 해결하면서 문맹의 이민자들에게 무상으로 언어를 가르치는 한 젊은 교사의 일상을 따라가고, 마지막에는 폭풍우 속에서 밀단을 나르는 그림 속 여인들을 차례로 보여주면서 끝을 맺는다.

영화는 한마디로 버려진 것들, 쓸모없는 것들에 대한 이야기이자 기록이다. 땅 위에 버려지는 것들, 이를테면 텅 빈 밭에 뒹구는 저품질의 감자와 토마토, 양배추, 사과 등에 대한 이야기이고, 날마다 도시 뒷골목이나 쓰레기통에 버려지는 온갖 종류의 음식과 물건들에 대한 이야기다. 또한 영화는 버림받거나 쓸모없어진 사람들, 즉 사회의 테두리 바깥으로 쫓겨나고 구성원으로서의 역할도 박탈당한 사람들의 이야기이기도 하다. 감독은 실업자, 노숙자, 집시 등 하루하루 연명할 것을 찾아 떠도는 이들을 따라다니면서, 어떻게 그들이 그 버림받고 소외된 삶을 견뎌내는지를 보여준다.

다행히 세상에는 아직 그들과 행동을 같이하고 삶의 균형을 맞추려는 이들이 존재한다. 수확이 끝난 밭에 들어와 농작물들을 주워가도록 허용하는 땅 주인들이 있고, 아예 날짜를 정해서 일정 기간 내에 남은 과일을 따가도록 공지하는 과수원 주인도 있다. 또 추수가 끝난 땅에서 곡식이나 야채 등을 줍는 행위가 헌법에 의해 보장되어온 권리임을 일깨워주는 판사가 있고, 거리에 버려진 물건들은 그 자체로 소유의 포기를 의미하는 것이라 재사용자에게 소유권이 귀속된다는 사실을 알려주는 변호사도 있다. 그리고 행동가들이 있다. 한쪽에서는 식료품이 남아 폐기되고 다른 쪽에서는 먹을 것이 없어 굶어죽는 사회의 부조리에 대항해, 일부러 거리에 버려진 것들을 찾아 먹으며 온몸으로 자신들의 주장을 펼치는 이들이다.

아울러 영화에는 다양한 예술가들도 등장한다. 화가이자 수거인인 한 젊은 예술가는 밤마다 도시를 돌아다니며 폐품들을 주워 아름다운 콜라주 작품을 만들어내고, 벽돌공 출신의 한 노인은 버려진 인형과 잡동사니들을 모아 '이상궁理想宮'이라는 제목의 거대한 탑들을 쌓아올린다. 또 조형예술가 루이 퐁스가 직접 출연해서 버려진 것이나 쓸모없는 것들로부터 창작의 원천을 찾아내는 자신만의 철학을 들려주기도 한다. 적어도 이들에게 세상의 모든 사물들은 버려지거나 폐기되더라도 여전히 고유한 가치와 아름다움을 간직하고 있는 특별한 존재들이다. 이들에게 '줍기'란 단순히 무언가를 습득하는 행위가 아니라, 삶에 대한 경외와 사물에 대한 존중을 담고 있는 숭고한 예술적 행위인 것이다.

이삭 줍는 여인, 바르다

데뷔 초부터, 바르다는 버려지고 소외된 장소나 사람들을 찾아 화면에 담아냈다. 때로는 사람들의 관심에서 잊힌 낙후된 지방의 삶을 보여주었고(〈라 푸앵트 쿠르트로의 여행〉 1955), 때로는 구습과 편견에 억눌린 채 외로운 투쟁의 삶을 사는 여성들에 대해 이야기했다(〈행복〉, 1965; 〈노래하는 여자, 노래하지 않는 여자〉, 1977). 또한 그녀는 긴 창작 기간 동안 픽션과 다큐멘터리를 넘나들면서 사진과 미술, 영화의 경계를 끊임없이 허물어뜨렸고, 현실과 예술 영역에서 수집한 다양한 조각들을 모아 조화롭고 아름다운 작품들을 만들어냈다. 그녀 역시 진정한 의미의 수집가이자 예술가인 것이다.

영화 〈이삭 줍는 사람들과 나〉의 초반, 바르다는 브르통의 그림을 보러 직접 아라스 미술관에 찾아간다. 거기서 거대한 그림 앞에 서서 밀단을 어깨에 메고 그림 속 여인과 똑같은 포즈를 취한 다음, 곧바로 밀단을 내려놓고 자신의 소형 카메라를 들어 다시 비슷한 포즈를 취한다. 이 소소한 퍼포먼스가 암시하는 바는 명확하다. 그녀에게 '이삭줍기'란 '영화 만들기'와 동의어인 것이다. 그녀는 이삭을 줍듯 평생 동안 세상을 돌아다니며 삶의 조각들을 그러모았고, 그 여정에서 버려지고 잊힌 수많은 사람들을 만났다. 그녀에게 영화는 쓸모없어지거나 망각되는 것들, 혹은 너무 평범하거나 보잘것없어서 금세 우리의 관심에서 사라지는 것들의 의미를 되살려내고 고정시키는 작업이다. 영화 중반, 달리는 차 안에서의 놀이는 이 같은 영화의 의미를 함축해서 나타낸다. 그녀는 지나가는 대형 트럭들을 작은 손가락 원 안에 담아 카메라로 촬영하는데, 그녀에게 영화란 이처럼 스쳐 지나가는 세상의 단편들을 프레임 안에 잠시나마 고정시키는 작업이다. 아무런 주목도 받지 못하고 아무런 의미도 부여받지 못한 채 사라져가는 것들을 붙잡아 우리의 기억 속에 조금이라도 더 오래 남아 있게 만드는 작업인 것이다.

바르다는 담담하게 나열되는 영상들 사이에 수시로 자신의 모습과 흔적을 삽입한다. 영화가 만들어지는 시간 동안 불현듯 마주치는 자신의 조각들을 그때그때 주워서 세상의 조각들 틈에 끼워넣는 것이다. 그중에는 희고 성긴 머리카락과 주름진 손 같은 늙음의 흔적도 있고, 천장에 물이 샌 자국을 좋아하거나 동물들이 시골길을 막는 걸 좋아하는 내밀한 감성의 표현도 있다. 또 버려진 의자와 시계 등을 주워와 집안 곳곳에 진열해놓는 그녀만의 독특한 취향도 있다. 특히 렘브란트 자화상 엽서와 자신의 거친 손을 겹쳐놓으면서 자신의 손이 바로 자신의 자화상임을 암시하는 장면은, 손으로 무언가를 찍고 모으고 조합하는 일이야말로 시네아스트인 그녀의 과업임을 강조한다.

17년 뒤, 바르다는 설치예술가 JR과 함께 만든 영화 〈바르다가 사랑한 얼굴들〉(2017)에서 더이상 죽음이 두렵지 않다고 고백한다. 오히려 모든 걸 끝낼 수 있는 그 순간이 기다려진다고 말한다. 〈이삭 줍는 사람들과 나〉에서도 그녀는 여러 번 '끝'에 대해 언급하지만, 그 뉘앙스는 조금 다르다. 영화 내내 여느 젊은이 못지않은 열정과 호기심을 보여주면서도 쇠락해가는 육신과 흘러가버린 시간 앞에서 느끼는 쓸쓸함을 감추지 않고 그대로 드러내기 때문이다. 그런데 영화 말미에, 길에서 주워온 바늘 없는 시계 앞을 그녀가 유령처럼 스치듯 지나가는 장면이 등장한다. '시간이 보이지 않는' 시계에 그녀의 모습이 잠시 겹쳐지는 그 장면은 삶의 끝을 향해 가면서도 시간을 초월하고 싶은 욕망, 시간을 지운 채 영원히 영화와 함께하고 싶은 욕망을 시적으로 표현한 그녀만의 아련한 독백이다. 지적이면서도 감각적이고, 실증적이면서도 서정적이며, 고독과 희망 혹은 진지함과 가벼움이 자연스럽게 교차하고 있는 그녀의 영화. 이토록 조화롭고 아름다운 그녀의 영화를 이제 더이상 볼 수 없다는 사실이 아직은 받아들여지지 않는다.

늙어감에 대하여

마노엘 드 올리베이라의 〈나는 집으로 간다〉

"어떤 나이가 되면, 인간은 삶이 아닌 시간과 대면하네. 삶이 영위되는 것을 더는 볼 수 없지. 삶을 산 채로 집어삼키는 시간만 보이는 걸세. 그러면 가슴이 저리지."(파스칼 키냐르, 『로마의 테라스』)

"안 해! 안 앉아!" 무대 위에서 붉은 망토를 두른 늙은 왕이 소리친다. 이제 그만 죽음을 받아들이라는 왕비와 신하들에게 저항하는 중이다. "영원히 못 살 걸 왜 낳아가지고!" 그는 부모마저 원망한다. 하지만 왕은 무려 277년을 살았고 긴 세월 동안 온갖 권력과 영화를 누렸다. 자신을 둘러싼 이들과 길고 지루한 설전을 벌이던 그는 결국 죽음을 받아들이고 의자에 앉아 조용히 숨을 거둔다. 그렇게 연극은 막을 내린다.

쇠락에서 자아분열로

마노엘 드 올리베이라의 영화 〈나는 집으로 간다〉(2001)는 이오네스코의 연극 〈왕이 죽어가다〉의 마지막 장면으로 시작한다. 12분 넘게 화면을 차지하던 연극이 끝나자, 늙은 왕 역을 맡았던 노배우(미셸 피콜리)는 무대 뒤에서 자신을 기다리던 사람들에게 청천병력 같은 소식을 듣는다. 그의 부인과 딸, 사위가 자동차 사고로 모두 사망했다는 것이다. 갑자기 어린 손자와 단둘이 남게 된 그는 다시 자신의 삶을 이어간다. 매일 동네 카페에 들려 커피를 마시고, 틈틈이 쇼핑도 하며, 저녁엔 손자와 함께 시간을 보낸다. 또 매니저를 통해 통속적인 영화의 한 배역을 제안받지만 거절하고, 자신을 흠모하는 젊은 여배우의 마음도 사양한다. 그러던 중 제임스 조이스의 소설을 각색한 영화 〈율리시즈〉에 출연하게 되는데, 급하게 배역을 맡아 대사를 외울 시간조차 제대로 얻지 못한다. 결국, 촬영 도중 그는 갑자기 "집으로 가야겠어"라고 내뱉고는 촬영장을 빠져나와 집으로 돌아간다.

영화는 무엇보다 '쇠락'에 대해 이야기한다. 연극 속 늙은 왕이 모든 권력을 잃고 조락한 것처럼, 영화 속 주인공 역시 어느새 쇠약하고 초라해진 자신을 발견한다. 오랫동안 명배우의 자리를 지키던 그는 신속히 대사를 외우기 어려울 만큼 정신적으로 쇠퇴했고, 육체적으로도 지치고 노쇠했다. 도시 한

복판에서 주사기를 든 마약중독자에게 속수무책으로 지갑과 구두를 뺏길 만큼, 그저 힘없는 노인일 뿐이다. 정신적, 육체적 쇠락보다 더 견디기 힘든 것은 사회적 쇠락이다. 연기에 대한 그의 열정은 변함없는데, 점점 더 그에게는 작고 별 볼 일 없는 역할만 돌아온다. 고집을 꺾고 간신히 맡은 배역도 사실은 누군가 펑크낸 자리에 급하게 들어간 것이며, 감독은 그의 입장이나 연기 스타일에는 관심조차 없다. 아무리 뛰어나고 성실한 배우였다 해도 그는 이제 칠십대 노인이며, 세상은 그러한 사회적 연령으로 그를 특정지으면서 서서히 파괴하고 해체시킨다. 새로운 세대를 위해, 또다른 미래를 위해 물러나고 사라지기를 요구하는 것이다.

쇠락은 곧 '자기소외'로 이어진다. 장 아메리가 『늙어감에 대하여』에서 말한 것처럼, 노년의 진실은 내가 '나 아닌 나'가 되는 깊은 충격에 있기 때문이다. 나는 오랜 세월 동안 지녀온 젊은 나와 거울에 비친 늙어가는 나 사이의 불일치를 견딜 수 없다. 타인이 되어버린 거울 속 자화상 앞에서 망연자실할 수밖에 없다. 영화 후반 롱테이크 고정 숏으로 길게 지속되는 분장실 장면은 주인공이 겪는 자기소외를 잘 보여준다. 그는 거울에 비친 자신의 늙은 얼굴과 마주하기 거북해하며, 배역을 위해 나이보다 더 젊게 분장한 얼굴도 낯설어한다. 자신의 얼굴이 싫을 뿐 아니라, 자신으로부터 소외당하는, 혹은 자신을 소외시키는 그 얼굴이 불편하기만 하다. 배우로서 그의 얼굴이 세상의 한 부분이었을 때, 그는 세상에 속해 있었고 세상 역시 그의 것이었다. 그러나 그의 얼굴은 이제 더이상 세상을 향해 있지 않으며, 그 자신으로부터 날마다 조금씩 멀어지고 있다.

이러한 자기소외는 당연히 '자아분열'의 고통을 수반한다. 나이가 들수록, 누구나 기억으로 구성된 정신적 자아와 물리적 노화를 겪는 신체적 자아 사이에서 끊임없이 분열되는 경험을 하기 때문이다. 시간으로 축적되고 내적으로 구성되는 정신적 자아는 볼품없는 몸으로 늙어가는 또다른 자아를 받아들이지 못하며, 시간이 지날수록 적대시하고 혐오한다. 또한 타인의 시선으로 형성되어온 사회적 자아가 깨지는 걸 보면서 더욱 혼란스러운 자아분열의 순간을 겪는다. 영화에서 주인공은 급하게 끼어든 촬영 현장에 적응하려 애쓰다가, 불현듯 자신의 사회적 자아가 무참히 깨져 있음을 깨닫고 홀연히 현장을 떠난다. 그는 이제 사회적 자아라는 환상을 내려놓고 남은 생과 마주하게 될 것이다. 정신적 자아와 신체적 자아 사이의 심연 같은 간극을 받아들이면서, 늙음이라는 모순의 시간을 살아갈 것이다. 아무런 전망 없이 부정不定의 시간을 사는 것, 세상이 요구하는 대로 숨을 죽이고 "마치 벽에 그려진 사람처럼" 아무것도 아닌 존재로 살아가는 것. 이것이 그에게 남겨진 생의 모습이다.

텅 빈 시간 속에서 부유하기

주인공은 어느 날 갑자기 가족을 잃고 송두리째 바뀐 삶을 떠안게 되었지만, 변함없이 자신의 일상을 반복한다. 매일 아침 창밖으로 손자가 등교하는 모습을 바라보며 미소 짓고, 탁자 위 가족사진을 어루만지며 하루를 시작한다. 매일 같은 카페의 같은 자리에서 커피를 마시며 신문을 보고, 웨이터와 몇 마디 대화를 주고받는다. 또 매일 도시의 산보자처럼 거리를 돌아다니면서 상점의 쇼윈도를 구경하고 간간이 물건을 사기도 한다. 일상적 습관들에 대한 집착은 노년에 보편적으로 나타나는 현상이다. 시몬 드 보부아르의 언급처럼, 인간은 늙어갈수록 더 엄밀히 습관을 지키려 하고 반복적인 일상 행위들에서 존재론적인 안정을 찾는다. 습관이 텅 빈 시간을 채우는 의식이어서가 아니라, 습관을 통해 행동으로 경험한 과거를 되살릴 수 있고 내일도 오늘을 되풀이할 것이라는 전망을 얻을 수 있기 때문이다.

그런데 특이한 것은, 영화의 카페 장면들과 산보 장면들에서 주인공의 대사가 모두 무음으로 처리된다는 사실이다. 거리의 온갖 소음이 크게 강조되어 들리는 것과 달리, 정작 대화를 나누는 주인공의 목소리는 들리지 않는다. 카메라가 항상 유리창 너머에서, 즉 그가 실내에 있을 때는 실외에서, 실외에 있을 때는 실내에서 물끄러미 바라보기만 하기 때문이다. 마치 투명인간처럼 그는 모든 공간을 소리 없이 통과하고, 그 모든 곳에서 부재하듯 고요히 존재한다. 세계는 그의 눈앞에 선명하게 모습을 드러내고 있지만 어쩐지 그는 그 세계에 속해 있는 것 같지 않다. 세계가 이처럼 그 앞에서 아득해지는 것은, 세계를 향한 그의 시선이 빛을 잃었기 때문이다. 미래에 대한 그의 계획이 모두 소멸되었기 때문이다. 늙는다는 것은 결국 자기 자신으로부터의 소외뿐 아니라 세계로부터의 소외를 의미하며, 세상의 겉표면만을 의식한 채 절반의 자아로 살아가는 것을 뜻한다. 감독은 이미 〈불안〉(1998)에서 한 노학자의 입을 빌려 토로한 바 있다. 늙는다는 것은 반쪽짜리 인간이 되는 거라고. 괴물이 되어 살아가는 거라고.

〈나는 집으로 간다〉는 올리베이라의 자기 고백이기도 하다. 다른 영화들에서처럼 포르투갈의 역사나 자신의 개인사를 직접 다루진 않지만, 영화를 찍을 당시 이미 92세였던 그는 주인공을 통해 자신의 과거와 현재를 보여주고 또 스스로 그것과 대면한다. 난해하고 실험적이었던 이전의 작품들과 달리 평이한 양식으로 이루어진 이 영화에서, 그는 자기 자신일 수도 있는 주인공의 일상을 시종일관 차분한 시선으로 따른다. 자연스럽게, 영화 속 연극의 늙은 왕과 주인공의 모습이 겹쳐지고 거기에 노감독의 뚜렷한 실재가 중첩되며, 나아가 감독만큼이나 치열한 영화 인생을 살아온 노배우 미셸 피콜리의 존재도 더해진다. 긴 세월을 지나 노년에 다다른 감독과 배우와 주인공의 형상들이 서로 포개졌다 흩어지기를 되풀이하면서 그 아련한 시간의 저편으로 우리를 이끄는 것이다.

다시 아메리의 말을 빌리자면, 노년은 자비 없는 생에 맞서서 저항과 체념을 반복하는 방황의 시간이다. 영화 속 주인공은 끝내 저항을 포기하고 체념의 길로 들어섰지만, 올리베이라는 106세의 나이로 숨을 거둘 때까지 자신만의 영화를 만들며 생에 대한 저항을 포기하지 않았다. 칠십대가 되어 비로소 전성기를 시작한 그의 영화는 시간이 지날수록 더 깊어졌을 뿐 아니라, 매번 새롭고 독창적인 시도로 세상을 놀라게 했다. 수많은 이들이 경탄의 시선으로 지켜보던, 경이로울 뿐 아니라 신비롭기까지 한 긴 영화 여정에서 어쩌면 그가 날마다 겪었을지 모를 절망과 체념의 감정들이 이 영화에 새겨져 있다. 초탈과 집착을 반복하며 가까이 다가와 있는 죽음과 마주하던 그 모든 순간들의 고독이 담담하지만 쓸쓸한 시선 속에 담겨 있다.

희망 없는 곳에서 희망을 이야기하기

아키 카우리스마키의 〈과거가 없는 남자〉

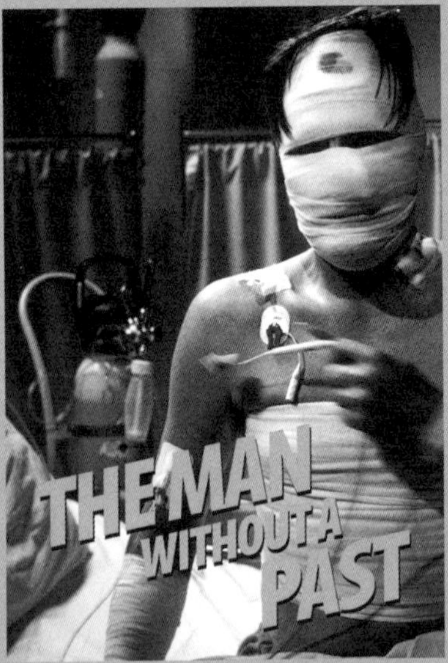

도시 강변의 버려진 땅에 흙을 일궈 감자 몇 알을 심는 남자가 있다. 남자는 불의의 사고로 기억을 잃고 이름과 살아온 과거까지 모두 잃었다. 시간이 흘러 감자가 꽃을 피우고, 그사이 그도 임시 거처와 직업을 마련한다. 또 이웃을 얻고 어느 여인의 사랑도 얻는다. 그는 수확한 감자 여덟 개 중 세 개는 겨울을 위해 비축하고 두 개는 씨감자로 사용하며 나머지 세 개는 연인과 먹을 예정이다. 이웃이 찾아와 하나만 달라 하자, 남는 게 없다 하면서도 반쪽을 잘라준다. 이 소박한 성취, 소박한 계획, 소박한 나눔이 어쩌면 이 영화의 모든 것을 말해주는지도 모른다. 담담하지만 쓸쓸한 시선으로, 희망보다는 절망의 감정으로 소외된 사람들을 다루어온 아키 카우리스마키는 영화 〈과거가 없는 남자〉(2002)에서 그 어느 영화에서보다 적극적으로 연대와 희망을 이야기한다.

사회의 가장 낮은 곳에서 살아가기

이른 새벽, 한 남자(마르쿠 펠톨라)가 헬싱키역에 도착한다. 공원 벤치에 앉아서 날이 밝기를 기다리던 그는 불량배들에게 강도를 당해 정신을 잃는다. 피투성이가 된 채 병원에 실려온 남자는 이내 사망선고를 받지만, 기적적으로 의식을 되찾고 병원을 빠져나온다. 또다시 길가에 쓰러진 그를 빈민촌의 한 가족이 구해주고 보살펴준다. 얼마 후 남자는 건강을 회복하지만 폭행의 후유증으로 기억을 모두 잃어 절망에 빠진다. 그러나 빈민촌 사람들의 도움과 구세군 여직원 이루마(카티 오우티넨)의 사랑으로 조금씩 삶을 회복해간다. 구세군 단체에서 작은 일자리도 얻고 침체된 빈민촌에 활기를 불어넣으려 나름의 노력을 기울인다. 그러던 중, 남자는 실종 전단지를 본 아내가 연락해와 다시 만나게 되고 자신의 이름과 출신에 대해 전해듣는다. 하지만 아내와 이미 이혼한 사이라는 걸 알게 되자 미련 없이 헬싱키로 돌아와 이루마와 새로운 삶을 시작한다.

오랫동안 노동자들과 서민들의 이야기를 다루어온 카우리스마키는 이 영화에서 특히 사회의 가장 낮은 계층의 사람들에 주목한다. 주인공이 헬싱키에서 새롭게 관계를 맺는 이들은 대부분 삶의 바닥까지 내몰린 극빈층들이다. 주 2회 탄광 경비 일을 하며 빈민촌 컨테이너에서 가족과 함께 사는 이웃이 그렇고, 고철 더미 아래나 커다란 쓰레기통 안에서 기거하는 알코올의존증 환자와 노숙자들이 그렇다. 본래 금속노동자였지만 한순간에 과거를 잃고 무일푼으로 거리에 나앉은 주인공의 경우도 마찬가지다. 금요일 저녁 이들이 특별히 외식하러 가는 곳은 고작해야 수프 한 접시와 빵 한 덩어리가 나오는 구세군 자선식당이다. 이 영화는 감독의 다른 영화 〈어둠은 걷히고〉(1996), 〈황혼의 빛〉(2006)과 함께 '루저 3부작' 또는 '빈민 3부작'으로 분류되곤 하는데, 그 배경에는 당시 주요 교역국이었던 소비에트연방의 붕괴로 심각한 경제 위기에 직면했던 핀란드의 현실이 자리하고 있다.

그런데 영화는 이들의 빈곤에 더 근본적인 이유가 있다고 강조한다. 일시적인 경제 위기보다 더 중요한 원인은, 시간이 지날수록 빈부 차가 벌어질 수밖에 없는 자본주의 체제와 그 체제에 편승해 약자를 억누르고 착취하는 사람들에 있다는 것이다. 본의 아니게 극빈층으로 전락한 주인공이 새롭게 맞닥뜨리는 사회는 냉혹한 이기주의와 비인간적인 관료주의에 의해 지배되고 있다. 시도 때도 없이 구실을 만들어 가난한 이들의 돈을 뜯어내는 빈민촌 관리인, 무관심 내지는 겁박으로 응

대하는 직업소개소, 법도 잘 모른 채 형만 집행하려 하는 경찰, 노동자들의 실직에 아랑곳없이 중소기업의 도산을 유도해 이익을 챙기는 은행 등은 한 사회에서 경제적 약자로 살아가기가 얼마나 버거운 일인지 잘 보여준다.

절제의 미학과 풍부한 시정詩情 사이

그런데 이 삭막한 현실 이야기는 단순하면서도 서정적인 감독의 영화 스타일에 힘입어 묘한 울림과 매력을 지닌 이야기로 변모한다. 미니멀리즘 또는 '미학적 금욕주의'라고도 불리는 그의 스타일은 배우에게 최소한의 동작과 표정 연기만을 허용하며, 절제된 카메라 움직임과 간소한 세트를 고수한다. 또 대화보다 침묵이 더 많은 시간을 차지하고, 대사 또한 간결하며 시적이다. 이 같은 형식들은 신체언어 중심의 초기 무성영화들이나 로베르 브레송의 중성적 영화 언어, 오즈 야스지로의 미학적 단순화 등으로부터 영향을 받은 것으로, 여기에 카우리스마키는 기발한 블랙유머와 위트를 더해 자신만의 독자적인 스타일을 완성한다.

〈과거가 없는 남자〉에 더욱 유니크한 매력을 부여하는 것은 작품 곳곳에 배치되어 있는 '타블로'들이다. 타블로란 '그림'을 뜻하는 프랑스어 'tableau'에서 유래한 영화 용어로, 마치 시간이 정지된 것처럼 인물들이 잠깐 동안 말을 멈춘 채 움직이지 않는 영상을 가리킨다. 이 영화에서는 두 남녀 주인공이 컨테이너 소파에 나란히 앉아 말없이 교감하는 장면이나 구세군 악단 단원들이 일렬로 앉아 주크박스를 바라보는 장면 등이 그에 해당한다. 타블로는 운동성과 시간성이라는 영화의 본성을 정면으로 거스르는 것으로, 짧은 시간이지만 영화 안에 비-영화적인 낯선 상황을 만들면서 오히려 관객의 주의를 집중시킨다. 그림처럼 정지되어 있는 화면을 통해 감정을 응축시키고 정서를 극대화시켜, 관객으로부터 더 깊은 감응을 이끌어내는 것이다. 관객은 서로를 바라보며 멈춰 있는 두 남녀의 모습에서 설렘과 두려움의 감정을, 호기심 어린 표정으로 정지되어 있는 구세군 악단의 모습에서 순수한 매혹의 감정을 강하게 전달받을 수 있다.

한편, 영화의 전체 스타일과 대조적으로 색채와 음악은 다채롭고 풍요롭게 사용된다. 노란색 주크박스, 빨간색 소파, 주황색 셔츠, 녹색 컨테이너, 파란색 자동차 등 살짝 톤 다운된 원색의 이미지들은 지극히 현실적인 이야기에 초현실적인 아름다움을 부여하기도 하고, 무미건조한 삶의 단편들에 생기와 온기를 불어넣기도 한다. 또 그야말로 다종다양한 음악이 영화에 삽입되어 있는데, 각각의 음악은 극의 상황에 맞게 적절한 정서를 만들어낸다. 가령, 핀란드의 클래식 작곡가 레비 마데토야의 심포니는 영화 초반과 후반에서 의미심장한 극적 전

환을 암시하고, 수시로 흘러나오는 로큰롤 멜로디는 노동자와 서민의 피로를 달래준다. 구세군 원장이 부르는 구슬픈 피니시 탱고 선율은 이차세계대전 후 핀란드가 겪었던 빈한한 시절을 상기시키며, 영화 마지막에 기차에서 들리는 엔카는 오즈 야스지로에 대한 감독의 애틋한 오마주를 떠올리게 한다.

영화는 과거를 잊고 새로운 삶을 시작하는 한 남자의 이야기이지만, 동시에 어떤 과거를 살았던 삶을 계속 이어나가야 하는 도시 빈민들의 이야기이기도 하다. 카우리스마키는 비정한 현대사회가 점점 더 삶의 테두리 밖으로 몰아내는 이들에게 다가가, 최소한의 인간적인 생존 방식에 대해 함께 모색한다. 켄 로치처럼 소리 높여 주장하지 않고, 다르덴 형제처럼 냉정하게 현실을 도려내 보여주지도 않지만, 대신 소박한 시정과 유머로 그들의 각박한 삶을 위로해준다. 그리고 날마다 돌아오는 일상의 소중함과 감자 몇 알로도 희망을 버리지 않고 살아가는 방법을 일깨워준다. 이토록 소탈하면서도 다정한 시선, 담백하면서도 진정성 넘치는 시선을 만나기란 영화에서나 현실에서나 쉽지 않은 일이다.

(비)인간적인, 너무나 (비)인간적인

지아장커의 〈스틸 라이프〉

철거중인 건물들 사이에서 누군가 외줄타기를 하고 있다. 가는 장대에 몸을 의지한 채 아슬아슬하게 허공으로 내딛는 발걸음 하나, 하나. 더 많은 돈을 벌기 위해 더 위험한 일을 찾아 떠나는 한 남자가 마을을 빠져나가기 전에 잠시 멈춰 서서 이 광경을 바라본다. 어쩌면 그가 보고 있는 것은 환영인지도 모른다. 고된 육체노동과 열악한 환경, 깊고 오래된 내상 때문에 잠시 그의 정신이 혼미해진 건지도 모른다. 남자는 고개를 돌려 심란한 표정으로 자신이 가던 길을 바라본다. 가야 하는가, 말아야 하는가. 결국 그는 다시 떠나고, 영화의 프레임 안에는 외줄 타는 사람만 남는다. 지아장커의 영화 〈스틸 라이프〉(2006)는 그렇게 끝을 맺는다.

수몰되는 삶, 수몰되는 영혼

영화는 서로 관련이 없는 두 인물의 이야기로 구성되어 있다. 산시에서 온 광부 산밍(한산밍)과 상하이에서 온 간호사 셴훙(자오타오). 두 사람은 세계 최대 규모의 댐이 건설되고 있는 산샤三峽에서 각자 아내와 남편을 찾아 헤맨다. 산밍은 16년 전 임신한 채 도망친 아내를 만나기 위해 돌아다니지만, 아내가 남긴 주소는 이미 물에 잠겨 있고 수소문 끝에 찾아간 처남에게서도 박대당한다. 철거 현장에서 일을 시작한 그는 동료 노동자들과 가까워지고 샤오마거라는 청년과도 친해진다. 같은 시점, 셴훙도 2년째 소식이 끊긴 남편을 찾아 산샤의 이곳저곳을 떠돈다. 남편 친구 동밍의 도움을 받아 어렵게 남편이 일하는 곳을 알아내고, 남편에게 다른 여자가 생겼다는 사실도 듣게 된다. 간신히 만난 남편과 대화를 나누던 그녀는 공사중인 산샤댐 앞에서 남편에게 이혼을 제안하고, 두 사람은 미련 없이 헤어진다. 한편, 산밍은 처남의 주선으로 마침내 아내와 재회하고, 그녀를 일꾼으로 데리고 있는 선주를 찾아가 1년 후에 몸값을 마련해 다시 돌아오겠다고 말한다. 그러고는 동료 철거노동자들과 함께 더 많은 돈을 받을 수 있는 고향의 탄광으로 떠난다.

영화에 가장 많이 등장하는 이미지는 건물이 무너지는 광경이다. 산밍이 처음 숙소를 나설 때부터 등뒤로 건물 벽 하나가

쓰러지고, 이후로도 마을 어디선가는 건물의 일부 또는 전체가 끊임없이 무너져내린다. 조금씩 무너진 마을은 거대한 인공댐을 만들기 위해 모두 물에 잠길 것이고, 마을 주민들의 삶도 함께 수면 아래로 사라질 것이다. 장소의 상실은 생활 터전의 상실뿐 아니라, 과거의 상실과 기억의 상실도 야기한다. 10위안짜리 지폐 뒷면에 실릴 만큼 절경을 자랑하던 산샤 협곡의 풍경이 사라지는 것은 아름다운 자연이 파괴되는 것을 의미할 뿐 아니라, 오랜 세월 동안 한 장소에 축적되었던 역사와 전통이 사라지는 것을 의미하는 것이다. 수시로 산샤 협곡과 무너져가는 마을 풍경을 바라보며 상념에 잠기는 인물들의 시선에는 수몰과 함께 사라질 과거를 조금이라도 더 오래 기억 속에 붙잡아두려는 안타까움이 배어 있다.

무너지고 쓰러지는 마을의 풍경은 사람들의 정신도 무너뜨리고 파괴한다. 영화 속 어느 인물의 말처럼 "2000년 된 도시가 2년 만에 헐리는" 세상에서 사람들은 갈피를 못 잡고 방황한다. 어떤 이들은 끓어오르는 분노를 삭이지 못하고 악다구니하며, 어떤 이들은 모든 것을 체념한 채 서둘러 짐을 싸서 타지로 떠난다. 또 마을의 청년들은 맹목적인 증오에 휩싸여 서로 피 흘리며 싸우고, 소수의 영악한 사람들은 혼돈을 틈타 부와 권력을 챙긴다. 사람들 사이에 유대감이나 호의는 모두 사라졌고, 적대감과 분노와 절망이 뒤엉켜 마을을 휩쓸고 다니다. 그러므로 부서지고 벗겨진 흉측한 건물들 모습은 마을 사람들의 내면 풍경일 수 있다. 영화 후반 산밍과 그의 아내가 쭈그려 앉아 사탕을 먹는 건물에 뚫린 기괴한 형태의 커다란 구멍은, 두 사람의 마음에 난 상처뿐 아니라 모든 이의 영혼에 새겨진 깊은 상처를 암시한다. 영화를 이루는 네 개의 에피소드에 각각 '담배烟, 술酒, 차茶, 사탕糖'이라는 제목을 붙인 것도, 중국 문화에서 전통적으로 연대와 상호존중을 뜻했던 기호품들을 통해 잃어버린 연대 혹은 호의의 감정을 되살려내려는 의도일 수 있다.

인간은 누구나 존엄하다

〈스틸 라이프〉는 다큐멘터리 영화 〈동〉(2006)의 제작 현장에서 구상되었다. 화가 리우샤오동이 산샤의 노동자들을 그리는 과정을 촬영하던 지아장커는 화폭에 다 담을 수 없는 노동자들의 삶과 산샤의 현실에 대해 고민했고, 거기서부터 영화의 이야기를 만들어냈다. 리우샤오동의 회화가 어려운 여건 속에서도 건강한 육체와 순수한 미소를 잃지 않는 노동자들의 강한 생명력에 집중했다면, 지아장커의 영화는 그들이 견뎌내고 있는 가혹한 삶의 조건들과 비정한 현실에 주목한다. 카메라를 통해 드러나는 노동자들의 생활환경은 의식주 모두에서 그야말로 최저에 가깝다. 힘든 노동 후 국수 한 그릇을 들고 좁고 더러운 침상에 모여 앉아 끼니를 해결하는 선상노동자들의 경우도 그렇고, 허름한 침대들이 놓인 동굴 같은 방에서 최소한의 도구로 생활을 이어가는 철거노동자들의 경우도 그렇다. 참담할 정도로 궁색한 이들의 환경은 강 건너 부유한 사람들의 삶과 극명하게 대비된다. 산샤 협곡이 내려다보이는 테라스에서 술 마시며 춤추는 사람들, 고급 호텔과 외제차를 일상적으로 이용하는 사람들은 같은 장소에 살고 있는 동시대인들이라 믿기 어려울 정도다.

노동자들의 삶은 또한 각박할 뿐 아니라 위태롭다. 산밍을 비롯한 철거노동자들은 언제 무너질지 모르는 건물 위에서 아무런 보호 장치 없이 맨몸에 커다란 망치 하나만 들고 작업한다. 실제로 〈동〉의 촬영 당시 한 노동자가 현장에서 목숨을 잃는 사고가 발생했는데, 이 영화에서 죽은 노동자의 몸을 낡은 담요로 감싸고 운반하는 장면은 〈스틸 라이프〉에서 죽은 샤오마거의 몸을 담요로 감싸고 수장하러 가는 장면으로 재현된다. 영화 말미, 산샤의 노동자들은 더 많은 돈을 벌기 위해 "누가 살아남을지 아무도 모르는" 탄광 일을 하러 떠난다. 무엇이 이들을 이토록 위험한 삶으로 내모는 걸까? 무엇 때문에 이들을 비롯한 수많은 산샤 사람들은 진저리나는 가난의 굴레에서 벗어나지 못하는 걸까? 영화는 대답하지 않는다. 다만 정물화처럼 시선을 고정하거나 천천히 움직이면서 그들의 지난한 삶의 조각들을 하나씩 떼어내 보여준다. 지금으로서는 이들의 삶을 제대로 바라보고 증언하는 것이 그 무엇보다 우선인 것처럼.

한편 산밍과 셴홍의 스토리가 없었다면, 〈스틸 라이프〉는 〈동〉의 연장선상에 있는 또하나의 다큐멘터리 작품으로 분류될 수도 있었을 것이다. 카메라를 훔쳐보는 일반인들의 시선과 비전문배우들의 어색한 연기마저도 영화의 일부처럼 자연스럽게 느껴진다. 그런데 담담하게 나열되는 현실의 단편들 사이사이에 예상치 못한 비현실적 이미지들이 혹은 환영들이 끼어 있다. 산밍과 셴홍이 서로 다른 장소에서 바라보는 산샤 하늘의 UFO, 셴홍의 등뒤에서 갑자기 우주선처럼 불꽃을 발하며 이륙하는 거대한 건물, 그리고 탄광으로 떠나는 산밍이 철거중인 건물들 사이로 바라보는 외줄타기 곡예사 등이 그것이다. 영화 중간에 난데없이 이처럼 비현실적인 장면들을 끼워넣은 이유는 무엇일까? 현실이라 믿기에는 너무나 비참하고 부조리한 삶을 표현하려는 걸까? 아니면 우주선이라도 타고 탈출하고 싶을 만큼 너무도 불공정하고 불의한 사회를 암시하려는 걸까? 어쨌거나 환영은 질서와 상징을 지나치게 강요하는 사회에서 주로 발생하는 일종의 '잉여적 실재'라고 할 수 있다. 일방향적인 질서화와 상징화의 허상 또는 불완전성을 드러내고 그 폭력적인 억압을 지시하는 '현실 안의 비-현실'인 것이다.

영화 마지막의 '외줄타기' 환영은 거기서 더 나아가 우리로 하여금 인간의 존엄에 대해 생각하게 한다. 화가 리우샤오동이 그의 그림을 통해 "사람은 누구나 존엄하다는 것"을 알리고 싶었던 것처럼, 지아장커 역시 이 영화에서 무엇보다 인간의 존엄에 대해 말하고 싶었을 것이다. 짓밟히고 내몰려도 어떻게든 버텨내는 사람들, 비현실적으로 열악한 현실을 견디며 묵묵히 살아가는 사람들. 그들은 모두 환영 속의 외줄 타는 곡예사를 닮았다. 앞으로 나아가는 것밖에는, 계속 살아가는 것밖에는 다른 도리가 없는 자신의 운명을 담담히 받아들이고 있기 때문이다. 니체의 차라투스트라에 따르면, 인간은 짐승과 초인 사이에 놓인 밧줄 위의 존재다. 건너가는 것도 위험하고, 뒤돌아보는 것도 위험하며, 멈춰 서는 것도 위험하다. 하지만 생의 의미가 그 밧줄을 건너가는 과정에 있다는 것을 깨닫고 받아들이는 데에 인간의 위대함이 있다. 〈스틸 라이프〉는 모든 인간에게 주어진 이 비극적 숙명을 애도하는 영화이자, 삶이라는 외줄 위에서 최선을 다해 나아가고 있는 수많은 무명인無名人들에게 경의를 표하는 영화다.

4부

폭력과 광기의 시대

이토록 불온한 웨스턴

짐 자무시의 〈데드 맨〉

한 장의 사진이 오랫동안 마음을 심란하게 한 적이 있다. 아스팔트에 엎드린 흑인의 목을 백인 경찰이 무릎으로 짓누르고 있는 사진이다. 흑인은 백인의 무릎에 깔린 채 9분 가까이 바둥거리다가 끝내 목숨을 잃었다. 사진을 보면서 인간에 대한 저 폭력성은 도대체 어디서 오는 걸까, 한참을 자문했다. 어쩌다 돌연변이처럼 자라난 한 개인의 특별한 성향 때문인지, 아니면 제복을 입은 백인으로 하여금 별생각 없이 그런 행동을 하게 만드는 어느 사회의 내재된 폭력성 때문인지…… 불현듯 짐 자무시의 〈데드 맨〉(1995)이 떠올랐고, 어쩌면 이 영화가 이 질문에 대해 작은 실마리를 제공해줄 수도 있겠다는 생각이 들었다.

웨스턴에 의한, 웨스턴의 해체

지금도 크게 다르지 않지만, 이 영화를 발표할 당시 자무시는 세계적으로 명성을 얻고 있는 거의 유일한 미국의 독립영화 감독이었다. 〈천국보다 낯선〉(1984)으로 전 세계 마니아층의 지지를 얻게 된 이후로도, 자무시는 상업영화 제작 시스템과 일정한 거리를 유지하면서 고집스럽게 자신만의 제작 방식을 고수해갔다. 그런 그에게 미국의 언론과 평단은 대부분 호의적인 시선을 보냈는데, 이 영화를 계기로 단번에 둘로 갈라진다. 소수의 열렬한 지지와 다수의 혹평 또는 비난. 영화를 보고 나면, 극찬을 아끼지 않았던 해외의 반응과 대조를 이루던 미국 내 반응의 이유를 어느 정도 짐작할 수 있게 된다.

영화가 시작되면, 기차를 타고 여행중인 주인공 윌리엄 블레이크(조니 뎁)의 모습이 보인다. 동부 클리브랜드 출신의 회계사인 그는 새로운 일자리를 얻어 서부의 한 도시로 이동하는 중이다. 그러나 긴 여행 끝에 도착한 회사에서 그는 늦게 도착했다는 이유로 곧바로 퇴짜를 맞는다. 설상가상으로, 우연히 만난 여인과 하룻밤을 보내다가 갑자기 들이닥친 그녀의 전 애인을 총으로 쏘아 죽이게 된다. 그 역시 총상을 입은 채 허겁지겁 도망쳐 나오지만, 이내 현상금이 걸린 채 쫓기는 신세가 된다. 얼마 후 황야에서 '노바디'(게리 파머)라는 한 인디언이 기절한 그를 구해주는데, 그의 몸에서 총알을 빼내진 못하고 임시방편의 치료만 해준다. 이후로, 두 사람은 추적자들을 피해 거친 산과 황야를 돌아다니며 여러 사건들을 겪는다. 그러다가 블레이크가 다시 백인의 총을 맞고 쓰러지자, 노바디는 그를 배에 태워 인디언 마을로 데려간다. 거기서 그의 장례를 준비하고, 다시 카누에 태워 바다 멀리 띄워 보낸다.

기본적으로 영화는 '웨스턴' 장르의 형식을 취하고 있다. 19세기 미국 서부가 배경이고, 쫓기는 자와 쫓는 자가 있으며, 잦은 총싸움이 있다. 또 웨스턴의 주요 공식 중 하나인 황야에서의 이동이 있고, 주인공을 위험에 빠뜨리는 여인이 있으며, 인디언과 보안관도 등장한다. 그러나 이 모든 그럴듯한 외양에도 불구하고, 영화는 웨스턴의 본성과 목적을 하나씩 배반해간다. 보통은 극악무도하기 마련인 현상범(블레이크)은 총도 제대로 다룰 줄 모르는 평범한 사람이고, 야만과 미개의 상징인 인디언(노바디)은 다정하고 현명하며, 모든 총싸움은 어설프기 그지없다. 또 활기 넘치는 백인들의 도시는 알고 보면 소, 말, 돼지가 함께 뒹구는 더러운 진창이고, 인디언들은 백인과 다를 바 없는 수준의 문명을 이루며 조용히 살고 있다.

특히 두드러지는 것은 웨스턴 장르의 근간인 '미국 개척 신화'에 대한 철저한 냉소와 비판이다. 마치 영화 자체가 개척 신화의 허상을 드러내기 위해, 혹은 감독의 말처럼 "미국이 대량학살을 통해 세워진 나라"라는 것을 환기하기 위해 만들어진 것처럼 보인다. 영화에 등장하는 백인들은 더없이 이기적이고 잔인하며 폭력적이다. 그들은 도시에서나 황야에서나 끊임없이 서로를 배신하고, 자신을 제외한 모두에게 총을 겨누며, 심지어 서로를 죽여서 먹기까지 한다. 그들이야말로 진정한 야만인들인 것이다. 또한 이들은 인디언들에게 다양한 방식으로 폭력을 행사하는데, 인디언의 멸종을 위해 그들의 식량인 버팔로를 닥치는 대로 쏘아죽이기도 하고, 일부러 오염된 담요를 팔아 천연두와 결핵 같은 질병을 퍼뜨리기도 한다.

사이키델릭 웨스턴, 혹은 죽음으로의 긴 여로

영화의 제목을 우리말로 옮기면 '죽은 사람'이다. 이는 영화의 주인공이 산 사람이 아니라 죽은 사람이라는 걸 암시하는 것일 수도 있다. 영화는 처음부터 끝까지 모호하게 흘러가면서 관객을 혼란스럽게 만든다. 한편으로 총상을 입고 서서히 죽어가는 사람의 이야기 같기도 하고, 다른 한편으로는 이미 죽은 사람의 이야기, 그러니까 죽은 이의 영혼이 세상을 떠돌며 겪는 비현실적인 이야기 같기도 하다. 후자와 관련해 여러 단서들이 있다. 영화 전반, 노바디가 주인공에게 "자네를 죽인 백인을 자네가 죽였나?"라고 묻자, 그는 웃으며 "나 안 죽었어요"라고 답한다. 영화 후반 노바디는 신성한 약초를 먹고 주인공을 바라보는데, 그의 얼굴이 순간 해골로 변해 나타난다. 또 숲속에서 총을 맞고 죽은 새끼사슴을 발견한 주인공이 그 곁에 똑같은 모양으로 눕는 장면은 죽은 사슴과 자신을 동일시하는 일종의 제의적 행위를 표현한 것이라 할 수 있다.

자무시 스스로도 이 영화를 '사이키델릭 웨스턴'이라 불렀다. 환각적 혹은 몽환적 이야기로 이루어진 영화라는 뜻이다. 사실 영화의 성격과 더 깊은 관련을 맺는 시인은 주인공과 동명이인인 윌리엄 블레이크가 아니라 영화 맨 처음에 인용되는 앙리 미쇼다. 미쇼는 평생 동안 전 세계를 돌아다닌 유랑의 시인이자 화가이며, 인간 내면의 심층을 탐색하기 위해 환각제인 메스칼린을 복용하고 시를 쓴 것으로 유명하다. 영화 중간 노바디가 먹는 약초도 북미 인디언이 종교의식을 위해 섭취했던 메스칼린이다.

어찌됐건, 영화의 내용은 그 자체로 죽음으로 가는 긴 여정이라 할 수 있다. 죽어가는 사람의 이야기이건, 이미 죽은 사람의 이야기이건, 영화는 삶에서 죽음으로 옮겨가는 한 영혼의 쓸쓸한 이야기를 들려준다. 아직 사후 세계에 이르지 못한 영혼은 이승과 저승 사이를 떠돌듯 산과 황야를 떠돌다가, 마침내 전령(노바디)의 안내를 받아 죽음의 문턱에 다다른다. 여기에 다양한 전설과 신화에서 가져온 모티프들이 뒤섞인다. 자무시는 인디언 전설을 블레이크의 시구로 변형해 삽입하기도 하고, 그리스신화의 일부를 차용하기도 한다. 특히 노바디가 젓는 배를 타고 주인공이 강을 따라 죽음을 향해 다가가는 모습은, 뱃사공 카론이 젓는 배를 타고 아케론강을 건너 죽음의 세계로 이르는 그리스신화의 한 부분을 상기시킨다.

사족. 영화에서 노바디가 끊임없이 내뱉는 '멍청한 백인들'이라는 대사를 듣다가 자무시의 영화 〈미스터리 트레인〉(1989)의 한 장면이 떠올랐다. 영화의 배경은 미국 남부의 소도시 멤피스. 엉망으로 술에 취한 세 친구가 사고를 치고 낡은 호텔방에 숨어들었다. 그중 흑인 한 명이 신세를 한탄하며 "백인 머저리 둘 하고 이런 데 숨어 있다니!"라고 소리치자, 백인 한 명이 정색을 하고 응수한다. "한 번만 더 인종 운운하기만 해봐. 누군 백인으로 태어나고 싶었는 줄 알아?"

영화, 그 매혹적인 꿈의 기계
데이비드 린치의 〈멀홀랜드 드라이브〉

"(카이에루) 이것만 알아두시오. 내가 당신입니다. 더 설명해주세요, 페소아가 말했다. 난 당신의 가장 깊은 부분입니다, 카이에루가 말했다. 당신의 어두운 부분이지요."

안토니오 타부키는 소설 『꿈의 꿈』에서 그가 사랑하는 작가 페소아의 꿈 이야기를 들려준다. 어느 새벽 페소아가 꿈을 꾸었는데 그 꿈속에서 자신이 만들어낸 이명異名 작가 카이에루를 만나 대화를 나눈다는 이야기다. 그러니까 타부키는 이미 오래전에 죽은 페소아에 대해 상상했고, 그 상상 속에서 페소아는 가상의 작가 카이에루를 만나는 꿈을 꾸었다. 꿈과 현실과 상상이 아무런 제약 없이 서로 스며드는 세계, 현실의 논리와 법칙이 모두 허물어지는 세계. 데이빗 린치의 영화 〈멀홀랜드 드라이브〉(2001)도 이와 비슷한 세계를 보여준다. 이 영화에서도 관객은 현실과 꿈과 상상의 경계가 소멸되고 끝없이 서로 뒤섞이며 증식하는 낯선 세계 속으로 끌려 들어가게 된다.

실재보다 더 실재 같은 꿈의 세계

영화의 줄거리를 요약하는 것은 불가능하다. 다수의 플롯이 복잡하게 얽혀 있을 뿐 아니라, 대부분의 이야기들이 개연성과 인과관계를 따지기 힘든 꿈의 세계에서 펼쳐지기 때문이다. 일단, 영화의 두 주인공인 다이앤(베티)과 카밀라(리타)와 직접 관계되는 사건들만 간추리면 다음과 같다.

어느 날 밤 LA 인근의 멀홀랜드 드라이브 도로에서 자동차 사고가 일어난다. 간신히 빠져나온 리타(로라 해링)는 정신을 차리지 못하고 헤매다가 시내의 한 집에 숨어 들어간다. 배우의 꿈을 안고 LA에 온 베티(나오미 왓츠)는 고모의 빈집에 도착하자마자 숨어 있던 리타와 마주친다. 리타는 기억상실증에 걸려 아무것도 기억하지 못하고 핸드백에 현금 뭉치와 파란 열쇠만 지니고 있다. 베티는 리타를 도와 함께 기억의 실마리를 찾아다니는데, 그러던 중 리타의 옛 거처에서 한 여성의 시체를 발견한다. 집으로 돌아온 두 여인은 서로에게 감정을 느껴 정사를 나누고, 한밤중에 깨어나 실렌시오극장을 찾아간다. 극장에서 공연을 관람하던 두 사람은 베티의 핸드백에 파란 상자가 들어 있는 것을 발견하고, 집으로 돌아와 파란 열쇠로 그것을 열려 한다. 그 순간, 베티가 사라진다.

잠시 암전이 흐른 후, 한 여성이 잠에서 깨어난다. 몹시 초췌해 보이는 그녀의 이름은 다이앤. 조금 전까지 베티라고 불렸던 인물이다. 다시 말해, 영화 시작부터 영화 후반 암전까지의 이야기는 모두 그녀의 꿈 이야기다. 이웃에 따르면, 그녀는 3주 동안 사라졌었고 그사이 형사들도 찾아왔었다. 이내, 다이앤은 고통스러운 실연의 기억에 빠져든다. 배우인 그녀는 동료 여배우 카밀라(꿈속의 리타)와 연인 사이였다. 그러나 카밀라가 젊은 감독과 사랑에 빠져 그녀를 떠나자 극도의 질투심에 시달린다. 그녀는 한 건달에게 카밀라의 살인을 청부하고 그로 인해 괴로워하다가, 끝내 자신의 침대에서 권총으로 자살한다.

요컨대 관객은 영화의 마지막 이십여 분을 남겨두고서야 이전까지의 이야기가 모두 주인공 다이앤의 꿈 이야기라는 걸 깨닫게 된다. 사실, 그것도 확실치 않다. 아마도 그 꿈은 다이앤이 수면상태에서 꾼 꿈과 깨어 있을 때 빠져든 상상 또는 환각을 모두 포함하는 것일 것이다. 혹은 자살을 시도한 그녀가 죽어가면서 경험하는 순수한 정신적 사건들일 수도 있다. 어찌됐든 이 꿈의 세계는 영화 마지막에 등장하는 현실 세계와 긴밀히 연결되어 있다. 현실에서 실패했던 두 여인의 사랑이 꿈에서는 원활하게 이루어지고, 현실에서 카밀라가 다이앤의 캐스팅에 도움을 주었다면 꿈에서는 베티가 리타를 돕는다. 현실에서 다이앤의 연인을 빼앗는 감독은 꿈속에서 유능하지만 치졸한 인물로 등장하며, 현실에서 인정받지 못했던 다이앤은 꿈속에서 모두의 찬사를 받는 배우 지망생으로 묘사된다. 한편 다이앤이 식당에서 청부살인을 의뢰할 때 잠깐 보았던 한 남자가 꿈에서는 끔찍한 악몽에 시달리는 인물로 등장하고, 그 식당의 종업원 이름 '베티'는 꿈속에서 다이앤의 이름이 된다.

이처럼 영화 속 꿈의 세계에서는 좌절되거나 억압되었던 현실의 욕망이 굴절되어 투사되기도 하고, 현실의 다양한 인물과 오브제들이 그 역할이나 용도가 변경되어 나타나기도 한다. 또 현실에 존재하지 않았던 낯선 인물들과 이미지들도 곳곳에 끼어들어 있다. 꿈은 현실과 촘촘히 얽히고설키면서도, 현실의 법칙으로부터 벗어나 독자적인 원리에 따라 흘러가고 있는 또하나의 광활한 세계인 것이다.

영화적 매혹을 찾아서

물론 이 영화가 꿈의 구현에만 몰두하는 것은 아니다. 영화에는 시네아스트로서 린치가 쌓아온 양식적 요소들이 다양한 특징들이 서로 조화를 이루며 배치되어 있다. 그의 상상 세계를 상징하는 공간인 '빨간 방', 즉 붉은 커튼의 방이 〈트윈 픽스〉(1992)에서처럼 기묘한 미스터리를 내포한 공간으로 등장하고, 전작들에 비해 약화되었지만 잔인하고 엽기적인 이미지들에 대한 독특한 취향도 틈틈이 선보인다. 개인의 꿈을 억압하는 평범한 삶의 폭력성은 환각 속에서 다이앤을 덮쳐오는 노인 부부에 의해 표상되며, 자본이 지배하는 할리우드와 위선과 기만으로 가득찬 '작가 감독'에 대한 비판도 특유의 시니컬한 묘사를 통해 이루어진다. 또 회화적인 색채 구성과 감각적 편집, 풍부한 정서의 사운드 등은 탁월한 형식주의자이자 종합적 예술인으로서의 그의 면모를 잘 드러내준다.

그럼에도 영화의 힘은 확실히 꿈의 세계를 향해, 혹은 꿈과 상상과 환각을 모두 포함하는 환상의 세계를 향해 수렴된다. 전작인 〈로스트 하이웨이〉(1997)에서도 감독은 현실의 이면에 달라붙어 있는 환상에 대해 집요한 탐구를 보여주었는데, 이 영화에서 그 탐구가 한층 더 깊고 정교해진다. "모든 것은 환상일 뿐이다." 이는 영화 속 실렌시오극장의 사회자가 객석을 향해 던지는 말이지만, 감독인 린치의 말이기도 하다. 그에게 영화란 환상 그 자체이며, 영화 창작 역시 비합리적이고 비현실적인 것들에 형태를 부여하는 작업이다. 타부키와 페소아에게 글쓰기가 그랬던 것처럼, 그에게도 영화 만들기는 "이성으로부터 벗어나 불가사의한 것과 가늠할 수 없는 것의 한가운데로 뛰어드는 것"을 의미한다.

초기 영화인들은 영화를 '꿈의 예술'이라고 불렀다. 한편으로는 영화가 인간의 꿈을 시각화해서 보여주는 장치라 여겼기 때문이고, 다른 한편으로는 영화가 다른 어떤 매체도 지니지 못하는 마법적인 힘을 내포한다고 믿었기 때문이다. 또한 이들은 꿈을 현실과 등을 맞대고 있는 또다른 세계로 인식했는데, 영화만이 그 두 세계를 구체적으로 보여줄 수 있는 매체라고 간주했다. 〈멀홀랜드 드라이브〉는 오래전에 잊혔던 초기 영화인들의 꿈을 다시 소환해 완벽에 가깝게 구현한다. 현실과 맞물려 있는 꿈의 세계를 생생한 이미지들로 보여줄 뿐 아니라, 시작부터 끝까지 설명할 수 없는 어떤 마법 같은 힘으로 관객을 끌어당긴다. 즉 영화는 초기 관객들을 사로잡았던 '영화적 매혹'을 현대 관객들 앞에 거의 그대로 되살려낸다. 초기 관객들이 느꼈던 그 매혹, 현실이 꿈처럼 눈앞에 다시 펼쳐지고 모든 비현실적인 것들이 실재보다 더 그럴듯하게 살아 움직이는 거대한 스크린 앞에서의 그 황홀한 매혹 말이다.

휴머니즘이라는 환상

라스 폰 트리에의 〈도그빌〉

푸코는 인간에게 있어 권력 관계는 필연적인 것이라고 말한다. 두 사람만 모이면 어떤 식으로든 권력 투쟁이 시작된다는 것이다. 연인이나 부부, 심지어 부모 자식 간에도 마찬가지다. 라스 폰 트리에의 영화 〈도그빌〉(2003)은 이 불편한 진실을 아주 불편한 방식으로 보여주는 영화다. 데뷔 초부터 다양한 방식으로 관객을 괴롭혀왔던 그는 이 영화에서도 형식과 주제 모두에서 가장 불편한 길을 택해 우리를 그만의 낯선 세계로 끌어들인다.

리얼리즘이라는 환상

로키산맥에 위치한 작은 마을 도그빌에 한 낯선 여인이 등장한다. 그레이스(니콜 키드먼)라는 이름의 그녀는 알 수 없는 이유로 갱들에게 쫓기고 있다. 작가 지망생 톰(폴 베타니)은 곧 그녀에게 반하고, 경계심을 거두지 못하는 마을 사람들을 설득해 그녀를 숨겨주려 한다. 단, 그녀의 진심을 알기 위해 2주간 유예 기간을 갖는다. 2주 동안 그녀가 보여준 헌신적인 행동과 순수한 마음에 반한 주민들은 그녀를 받아들이고, 이후 서로 가까워지면서 평화로운 나날을 보낸다. 그러던 어느 날 마을에 경찰이 나타나 그녀를 찾는 포스터를 붙이자, 마을 사람들은 불편한 심기를 감추지 못한다. 위험을 감수하고 숨겨주는 대가로 그녀에게 점점 더 과중한 노동을 요구하고, 성적 학대와 폭력마저 일삼는다. 견디다 못한 그레이스가 탈출을 시도하지만 다시 붙잡혀 오고, 주민들은 그녀의 목에 개목걸이와 목줄을 채우고는 더욱더 야만적으로 학대한다. 그러나 마침내 갱단이 마을에 찾아오고 뜻밖에도 그녀가 마피아 보스의 딸이라는 사실이 밝혀진다. 그녀는 고심 끝에 갱들에게 마을을 불태우고 아이들을 포함해 주민들 모두를 사살하라고 명령한 뒤 떠난다.

영화 〈도그빌〉에서도 라스 폰 트리에는 변함없이 파격적인 실험들을 선보인다. 스스로 이 영화를 가리켜 '문학과 연극과 영화의 결합체'라고 언급할 만큼, 무엇보다 문학과 연극에서 차용한 양식들이 두드러진다. 우선, 영화는 총 9개의 장과 프롤로그로 구성되어 있으며, 각 장의 첫 머리에는 제목이 적힌 인서트 컷이 삽입되어 있다. 이러한 형식은 소설의 구조를 연상시킬 뿐만 아니라, 화면에서 펼쳐지는 사건들이 단지 직조된 이야기임을, 즉 실재의 재현과는 거리가 먼 허구의 이야기임을 반복적으로 환기시켜준다. 또한 영화에는 처음부터 끝까지 장황한 내레이션이 이어지며, 내레이터는 상황을 설명하는 역할을 넘어 마치 소설의 작가처럼 인물들의 심리 상태를 묘사하고 관객이 들을 수 없는 인물들의 대화 내용까지 요약해 들려준다. 내레이션은 영화 곳곳에 배치된 극단적인 하이 앵글 시점과 연결되면서 모든 것을 다 알고 있는 어떤 전지적 존재를 암시하기도 하는데, 그 존재는 물론 작가일 수 있지만 한편으로는 신神이기도 하다. 하늘에서 모든 것을 내려다보며 관찰하는 신, 그러나 인간들을 위해 아무것도 해주지 않고 해줄 수도 없는 비정하고 무능한 신을 가리키는 것이다.

더욱 눈에 띄는 특징은 연극에서 차용한 형식들이다. 영화의 공간은 연극 무대를 연상시키는 단 하나의 커다란 무대로 이루어져 있으며, 기본적인 세트조차 없이 오로지 바닥에 분필로 그린 선들로만 구분되어 있다. 당혹스러울 정도로 단순한 공간을 배경으로 배우들은 일반 영화들에서 보기 힘든 마임 연기를 펼치는데, 이 낯선 공간과 기이한 동작들은 관객의 몰입을 지속적으로 차단하면서 브레히트식의 '생소화 효과'를 유발한다. 실제로 라스 폰 트리에는 브레히트의 연극으로부터 깊은 영향을 받아 영화를 구상했다고 밝혔는데, 형식적인 면에서 생소화 효과를 도입했을 뿐 아니라 내용 면에서도 브레히트의 희곡 『서푼짜리 오페라』에 삽입된 한 이야기에서 모티프를 얻었다. 또 브레히트의 다른 작품인 『사천의 선인』과도 구성과 내용이 유사하다. 여하튼 브레히트의 연극에서와 마찬가지로 이 영화에서도 중요한 것은 그럴듯한 리얼리티의 구현이 아니라 작품을 통해 창작자와 관객이 서로의 사고를 나누는 것이다.

그런데 다른 관점에서 보면, 보이지 않는 벽으로 구축된 공간들이나 배우들의 마임 연기는 모두 '가짜'와 '진짜'의 관계에 대한 일종의 은유적 형상화라고 할 수 있다. 허공에서 팔을 움직여 존재하지 않는 문의 손잡이를 여는 동작, 손을 오므리고 컵 모양을 만들어 물을 따르는 동작 등은 거짓과 진실의 구분이 무의미해진 도그빌 마을에 대한 암시이자, 가짜가 진짜를 압도하고 복제물이 원본을 대체하는 현대사회에 대한 시각적 은유다. 나아가 리얼리즘이라는 환상, 즉 예술을 통한 현실의 객관적 재현이라는 환상에 오랫동안 사로잡혀 있던 서구 근대 예술에 대한 냉소적 희화화일 수도 있다. 문학이든 연극이든 영화든, 라스 폰 트리에에게 예술은 재현이 아니라 표현이고 다양한 감각의 자극을 통해 우리의 일상적 맹목을 깨뜨리는 부단한 사유의 과정이기 때문이다.

근대적 인간이라는 허상

〈도그빌〉은 서구 근대적 인간의 이상적 가치들을 모두 무너뜨리는 것을 목표로 하는 영화처럼 보인다. 우선 '민주주의적 인간'인데, 영화 속 도그빌 마을에서 일어나는 모든 일은 주민회의를 거쳐 결정된다. 각자 다른 직업과 성향을 가진 열다섯 명의 주민들이 한데 모여 주요 사안에 대해 토론하고 결론을 도출하는 것이다. 그러나 언뜻 보면 상당이 공정하고 합리적일 것 같은 회의의 결과는 결코 공정하지도, 합리적이지도 않다. 이들이 단지 자신들의 이익을 지키기 위해 혹은 자신들의 탐욕을 실현하기 위해 민주주의라는 절차를 이용하기 때문이다. 아울러 '계몽적 인간' 또는 이성적 인간 상像도 철저히 파괴된다. 톰은 마을의 계몽적 인간을 대표하는데, 스스로 만든 지적 · 도덕적 우월감을 바탕으로 모든 일을 이성적으로 처리하는 것처럼 보이지만 실제로는 상황을 점점 더 악화시키기만 한다. 또 영화 말미에는 숨겨왔던 추악한 욕망들을 드러내면서 계몽적 지식인의 위선과 이기심도 적나라하게 보여준다.

더 격렬하게 부정되는 것은 '기독교적 인간'이다. 이는 예수를 육화한 그레이스의 모습을 통해 실행된다. 그녀는 영화 내내 도그빌 주민들에게 핍박당하고 고통받으면서도 끝까지 그들을 용서하지만, 영화 마지막 순간에 밝혀지는 것처럼 그 모든 것은 스스로를 절대적으로 선한 존재로 간주하는 오만한 자의식에서 비롯되었다. 그녀의 의식과 행동은 니체의 '노예 도덕'을 상기시키는데, 노예들의 도덕에서는 가난하고 약한 자가 곧 선한 자이며 선한 약자는 자신에게 해를 가한 (하지만 자신이 결코 이길 수 없는) 강한 자를 용서함으로써 스스로 우월하다는 착각에 빠진다. 니체에 따르면, 기독교는 오랫동안 이 노예 도덕을 이용해 다수의 사람들을 약자이지만 선한 자로서의 위치에 만족하도록 유도해왔고, 그 대가로 도덕적 우월감이라는 허울뿐인 가치를 선사했다. 하지만 선한 약자들이 스스로에게서 조금이라도 도덕적인 흠결을 발견하는 순간 그 우월감은 걷잡을 수 없이 무너질 수 있으며, 그들의 행위는 잔인하고 폭력적인 것으로 돌변할 수 있다. 영화 마지막에서의 그레이스의 결정이 그 좋은 예다.

그러므로 영화는 좀더 솔직한 관계 맺기를 제안한다. 세상에 절대적으로 선한 존재는 없으며, 절대적으로 희생해야 하거나 고통받아야 할 존재도 없다. 무조건적인 용서 또한 종교적 기망에 휘둘린 어리석은 오만일 뿐이다. 영화 속 대사처럼 "인간은 자기가 한 행동에 스스로 책임을 져야 한다". 그리고 푸코의 말처럼, 권력 관계는 모든 인간 사이에서 필연적으로 발생하는 관계 양상이다. 권력은 그 자체로 나쁜 것도 좋은 것도 아니며, 단지 어떻게 구성하고 어떻게 행사하는가에 따라 그 결과가 달라질 뿐이다. 〈도그빌〉은 실패한 권력 관계의 이야기다. 한쪽은 너무 쉽게 권력의 힘을 남용했고, 한쪽은 맹목적으로 권력에 굴종했다. 거기에 상호존중은 없고 흔히 말하는 '인간다움'도 없다.

〈도그빌〉은 〈만덜레이〉(2005), 〈워싱턴〉(2007)과 함께 감독의 '안티-아메리카 3부작'을 이룬다. 하지만 그 풍자의 범위는 미국을 넘어선다. 영화가 가장 비중을 두는 '안티'의 대상은 무엇보다 지난 수 세기 동안 서구가 전 세계를 상대로 세뇌시켜온 근대적 인간이다. 민주주의적 절차를 중요시하고, 인간의 이성적 사고를 신봉하며, 선한 약자 같은 기독교적 가치를 여전히 인간의 근본 가치로 여기는 인간. 르네상스 이후 인류가 휴머니즘이라는 이름으로 모든 것을 포괄하며 진보해왔다고 믿는 인간. 적어도, 라스 폰 트리에의 영화 세계에는 신이 부재하듯 이런 근대적 인간도 존재하지 않는다. 둘 다 인간이 만들어낸 환상일 뿐이다. 성스러움도, 인간다움도 사라진 현대사회에서는 오래전부터 권력관계에 실패한 이들의 이전투구만이 이어져오고 있을 뿐이다. 자신의 이익과 욕망을 위해 어떤 절차와 폭력도 서슴지 않는 인간들과 자신의 무능과 나약함을 용서라는 행위로 미화하며 현실을 외면하는 인간들의 우울한 공존만이 되풀이되어오고 있을 뿐이다.

카메라로 쓴 애도 일기

구스 반 산트의 〈엘리펀트〉

"시간은 아무것도 사라지게 하지 못한다. 그저 슬픔을 받아들이는 예민함만을 조금씩 사라지게 할 뿐이다."(롤랑 바르트, 『애도 일기』)

구스 반 산트의 영화 〈엘리펀트〉(2003)는 총기 난사 사건이라는 아주 민감한 소재를 다룬다. 정확히는 1999년 4월 20일 미국 콜로라도주 콜럼바인 고등학교에서 벌어졌던 사건이다. 무장한 두 학생이 학교에 들어가 학생들을 상대로 총기를 난사했고, 그 결과 13명이 사망하고 24명이 부상을 입었다. 마이클 무어의 다큐멘터리 영화 〈볼링 포 콜럼바인〉(2002)도 같은 사건을 다룬 적이 있다. 구스 반 산트는 〈엘리펀트〉에서 총기 난사가 일어나게 된 원인과 배경을 차분하게 되짚으면서, 그와 동시에 그 어이없는 폭력에 의해 희생된 이들을 애도하는 데 주력한다. 그날 그 순간까지 그곳에서 지속되고 있던, 평범하지만 소중한 생의 시간들을 되살려 우리 앞에 하나씩 펼쳐 보이는 것이다.

너무 친숙한 폭력

영화가 시작되면, 화창한 가을날을 배경으로 미국 어느 고등학교의 평온한 일상이 펼쳐진다. 존(존 로빈슨)은 알코올의 존증에 빠진 아버지 때문에 학교에 지각하고, 엘리어스(엘리어스 맥코넬)는 암실에서 사진을 현상하는 데 열중한다. 또 네이선은 축구 연습을 마치고 여자친구 캐리를 만나고, 다이어트중인 브리태니, 조든, 니콜은 점심을 먹은 후 화장실로 가 곧바로 토한다. 미셸은 체육 시간이 끝나자마자 도서관에 근무하러 가며, 아카디아는 존과 잠깐 대화를 나눈 후 토론 모임에 참여한다. 이들이 서로 교차하며 각자의 일과를 보내고 있는 그 시각에, 군용백을 매고 커다란 가방을 든 두 남학생이 학교 건물 안으로 들어온다. 평소 급우들로부터 왕따를 당해온 에릭(에릭 두런)과 알렉스(알렉스 프로스트)다. 이들은 미리 준비한 계획에 따라 교내를 돌아다니면서 사냥을 하듯 혹은 게임을 하듯 학생들을 찾아 사살한다. 다행히 존과 아카디아는 참사를 피하지만, 나머지 학생들은 모두 목숨을 잃는다.

이 영화에서 가장 논란이 되었던 부분은 바로 에릭과 알렉스가 총기를 구입하는 과정이다. 에릭은 대량 살상이 가능한 무기를 마치 생필품을 사듯 인터넷으로 간단히 주문하고 집에서 택배로 받는다. 택배 배달원은 총기를 건네며 "학교 땡땡이 쳐서 좋겠다"라는 농담까지 던진다. 그리고 에릭과 알렉스는 총기의 포장을 뜯은 후 곧바로 집의 창고에서 사격 연습을 한다. 물론 이 장면들은 모두 사실을 기반으로 한다. 미국에서는 18세 이상이면 누구나 합법적으로 총기를 구입할 수 있고, 실제로 콜럼바인 사건의 범인도 18세가 되자마자 K-마트에서 총기 3정을 구입했다. 이 장면들은 훗날 모방 범죄의 원인을 제공했다는 비난을 받기도 하지만, 미국 사회에서 총기의 구매와 소지가 얼마나 자연스러운 일상 행위로 인식되고 있는지를 잘 보여준다.

한편 영화에는 직접적인 폭력 외에도, 언제든 폭력을 촉발할 수 있는 잠재적 요인들이 산재해 있다. 에릭과 알렉스는 학교에 호소할 만큼 평소 왕따에 시달렸고, 사건 전날까지 에릭은 네이선을 비롯한 남학생들로부터 모욕적인 장난을 당한다. 교사와 학생들의 토론 모임인 '동성애-이성애' 모임은 기본적으로 동성애에 대한 편견을 깔고 진행되며, 에릭의 부모는 아들이 등교를 하는지 안 하는지 모를 정도로 아들의 생활에 전혀 관심이 없다. 또 영화 초반에 존의 아버지는 주말 사냥에

끌어들이기 위해 고등학생인 아들에게 할아버지의 일제 총을 선물하겠다고 제안하고, 알렉스는 범행 전날 PC로 피가 난무하는 살상 게임을 즐긴다.

제목 '엘리펀트'의 의미는 영화에서 전혀 설명되지 않는다. 단 한 번 코끼리 이미지가 등장했다가 사라질 뿐이다. 영화 중반 카메라가 여느 고등학생의 방과 다를 바 없이 물건들로 가득한 에릭의 방을 천천히 움직이며 보여주는데, 그때 벽에 붙어 있는 작은 코끼리 그림이 잠깐 눈에 들어온다. 감독은 자신이 보고 느낀 것만을 진리라고 믿는 인도의 '코끼리와 장님' 설화에 '거실의 코끼리'라는 서양 우화를 더해 영화의 모티프를 얻었다고 밝혔다. 거실의 코끼리 우화는 코끼리라는 거대한 짐승을 거실에 두고 불편하게 지내다가 결국엔 그것에 익숙해지는 인간의 무감각함 혹은 무기력함을 꼬집는 이야기다. 이 영화에서 코끼리는 자신도 모르게 거대해진 내면의 폭력성을 상징한다. 어느새 손을 쓸 수 없을 정도로 커져버려 결국은 외피를 뚫고 나올 지경에 이른 무시무시한 폭력성을 암시하는 것이다.

사라져간 짧은 생生을 위한 애도

한동안 주류 상업영화 제작에 머물러 있던 구스 반 산트는 2000년대 초반 '죽음 3부작'을 발표하면서 다시 자신만의 독자적인 영화 세계로 돌아온다. 그런데 〈제리〉(2002), 〈엘리펀트〉, 〈라스트 데이즈〉(2005)로 이어지는 3부작의 실질적인 주제는 죽음이 아니라, 죽음에 대한 '애도'다. 〈제리〉가 살아남기 위해 어쩔 수 없이 버려야 했던 '내 안의 또다른 나'를 처절한 방식으로 애도하는 영화라면, 〈라스트 데이즈〉는 가장 가까운 사람들에게서조차 이해받지 못하고 고독하게 죽어간 한 예술가의 마지막 모습을 쓸쓸한 시선으로 애도하는 영화다. 〈엘리펀트〉에서 구스 반 산트는 뜻하지 않게 생을 마감한 청소년들을 위해, 정교한 시청각적 표현들과 독창적인 시간 구성 그리고 청소년기에 대한 예민한 감성을 교합해, 오로지 그만이 할 수 있는 특별한 방식으로 애도를 표한다.

시각적 영역에서의 애도는 무엇보다 '하늘'을 통해 표현된다. 영화가 시작하자마자 등장하는 탁한 연청색 하늘은 무언지 모를 불길한 느낌을 담고 있으며, 영화 중반 먹구름으로 뒤덮이면서 곧이어 벌어질 끔찍한 사건을 예고한다. 영화 마지막 순간 먹구름이 사라지고 다시 본래의 색을 되찾은 하늘 위로 등장인물들의 이름이 차례로 나타나는데, 마치 누군가 하늘을 바라보며 부재하는 신에 대한 원망과 망자에 대한 애도를 동시에 표하는 듯한 느낌을 만들어낸다. 청각적 영역에서도 애도의 정서가 강조된다. 영화의 사운드는 클래식과 전자음악에 다양한 음향효과가 결합된 형식으로 이루어져 있지만, 그중에서도 관객의 감정을 강하게 움직이는 것은 베토벤의 음악들이다. 특히 에릭이 범행 전날 집에서 연주하는 〈엘리제를 위하여〉는 한편으로는 복잡한 감정들을 억누르고 있는 그의 내적 상태를 드러내지만, 다른 한편으로는 원곡에 담긴 추모의 감정, 즉 다음날 희생될 이들에 대한 애도의 감정을 나타낸다.

가장 각별한 애도는 영화의 '시간 구조'를 통해 이루어진다. 우선 영화는 사건이 일어나기 전의 상황을 다수의 인물들 시점에서 반복해 보여주면서 관객으로 하여금 다양한 관점에서 사건을 들여다보게 만든다. '코끼리와 장님' 설화에 내포된 메시지처럼, 단일한 시각이 빠질 수 있는 오류의 위험에서 벗어나 사건을 더 입체적으로 바라보게 하려는 의도다. 이러한 시간 구조는 우리가 살고 있는 세계가 각자 독립적으로 흘러가는 무수한 시간의 줄기들 혹은 생生의 줄기들로 구성되어 있다는 사고를 바탕으로 한다. 세계는 단 하나의 선형적이고 규칙적인 시간 줄기로 이루어진 구조물이 아니라, 수시로 만났다가 흩어지기를 되풀이하는 무수히 많은 시간 줄기들의 다발인 것이다. 이는 영화 곳곳에 흩어져 있는 시간의 교점들을 통해서도 강조된다. 서로 다른 인물들의 시점에서 반복적으로 묘사되는 장면들, 가령 존과 엘리어스와 미셸이 학교 복도에서 마주치는 장면이나 네이선, 브래티니, 조든, 니콜이 서로 눈길을 주고받는 장면 등이 그에 해당한다.

그런데 중요한 것은, 이 다양하고 상대적인 시간의 줄기들, 즉 생의 줄기들이 갑작스러운 총기 난동으로 단번에 끊겨버린다는 사실이다. 시간의 교점에 등장했던 학생들 중 존을 제외한 모든 학생은 예기치 못한 폭력에 제대로 저항조차 못하고 희생된다. 영화는 다양한 시점에서 사건을 재구성하면서 어떤 시간의 흐름들이 멈춰버렸는지, 어떤 생들이 사라져버렸는지 상세하게 들려주고 보여준다. 사건의 충격 때문에 정작 우리의 관심에서 밀려나 있던 희생자들의 삶을 하나하나 되짚어보는 것이다. 누구는 좀더 진지하고, 누구는 좀더 속물적이며, 누구는 내향적이었지만 그들 중 어느 누구도 그렇게 생을 끝내야 할 이유는 없었다. 비록 80여분 남짓한 시간이지만, 영화는 허망하게 끝나버린 청춘들의 마지막 생의 조각을 되살려내면서 그들의 죽음을 가슴 깊이 애도한다. 지극히 평범했던 그 시간의 단편들을 서로 교차하게 하고 수시로 되풀이되게 하면서, 영화 속에서나마 그들의 짧았던 생을 무한 반복의 상태로 혹은 시간을 거스르는 무한 재생의 상태로 만들어놓는다.

잘못은 그들에게도 있다
미카엘 하네케의 〈히든〉

1961년 10월 17일, 알제리 독립전쟁이 격화되던 무렵에 파리 도심에서 시위가 벌어진다. 알제리 출신 프랑스인들의 야간 통행금지 조치에 항의하는 평화적인 가두 행진이었다. 그러나 전쟁의 광기에 전염된 프랑스 경찰들이 무자비하게 시위대를 진압하기 시작했고, 며칠 새 200명이 넘는 사망자와 실종자가 발생한다. 자유를 상징하는 도시 한복판에서 일어난 이 믿을 수 없는 참극은 정부의 조직적인 은폐와 대다수 언론의 침묵으로 빠르게 잊힌다. 프랑스 사회 전체의 암묵적인 외면도 집단적 망각에 한몫한다. 이듬해 자크 파니젤이 이 사건을 소재로 다큐멘터리 영화 〈파리의 10월〉을 만들지만, 당국에 의해 곧바로 상영과 배급을 금지당한다. 오랜 시간이 흐른

후, 마침내 이 영화를 본 미카엘 하네케는 언론과 표현의 자유를 목숨보다 소중히 여기는 프랑스라는 나라에서 40여 년 동안 이런 비극이 은폐되어왔다는 사실에 아연실색한다. 그리고 영화 〈히든〉(2005)을 구상한다.

폭력의 대물림

영화의 주인공은 TV 문학토론 프로그램 진행자인 조르주(다니엘 오퇴유). 그는 아내(줄리엣 비노쉬)와 아들과 함께 파리의 한 중산층 동네에서 평범한 삶을 살고 있다. 그런데 어느 날 그들의 일상을 찍은 비디오테이프가 배달되면서 평온하던 삶이 흔들리기 시작한다. 기이한 그림과 함께 연이어 배달되는 테이프는 점점 더 큰 불안과 공포를 만들어내고, 어느 순간 조르주는 잊고 있던 옛 기억을 떠올린다. 그리고 범인으로 추정되는 마지드(모리스 베니초우)라는 인물을 찾아간다. 마지드는 어린 시절 그의 집에 살았던 동년배 알제리인으로, 조르주는 당시 부모를 속여 그를 고아원에 보내게 했다. 성인이 되어 다시 만난 마지드에게 조르주는 어떤 사과도 거부하며 더 이상 비디오테이프를 보내지 말라고 경고한다. 얼마 후 마지드는 조르주를 자신의 집에 불러 그가 보는 앞에서 칼로 목을 그어 자살한다. 사건이 일단락되고 조르주는 모든 것을 잊으려 하지만, 마지드의 아들(발리드 아프키르)이 방송국으로 찾아와 그에게 대화를 요구한다. 조르주는 또다시 어떤 양심의 가책도, 죄책감도 없다고 외치며 그를 돌려보낸다.

영화 내내 직접적인 폭력 행위는 한 번도 일어나지 않지만, 영화는 그 어떤 영화보다 강렬한 방식으로 폭력에 대해 이야기한다. 첫번째 폭력은 한 아이의 거짓말에서 시작된다. 40여 년 전, 그러니까 1961년 10월 조르주의 부모는 집안일을 거들던 알제리 부부가 경찰의 폭력적 진압으로 사망하자, 책임감을 느끼고 그들의 아들 마지드를 입양하려 한다. 그러나 자신이 가진 것들을 함께 나누기 싫었던 어린 조르주는 마지드를 쫓아내기 위해 거짓말로 부모를 속인다. 마지드에게 수탉의 목을 치도록 시켜 피를 뒤집어쓰게 한 다음, 부모에게 달려가 그가 결핵에 걸려 피를 토한다고 이른 것이다. 부모는 입양을 포기하고, 마지드는 고아원을 전전하며 힘든 세월을 보낸다. 아이의 이기심과 부모의 책임 회피가 한 사람의 인생을 망쳐 놓은 것이다.

두번째 폭력의 양상은 좀더 복잡하다. 먼저, 마지드가 우연히 TV에서 조르주의 얼굴을 알아보는 것을 계기로 오랫동안 묻혀 있던 첫번째 폭력이 다시 현재에 호출된다. 이어서 누군가 그의 불행한 삶을 알리기 위해 조르주에게 익명으로 비디오테이프를 보내고(서사구조상 마지드 아들의 행위로 추정되지만 영화 마지막까지 입증되지 않는다), 이는 조르주 가족에게 공포를 유발하면서 일종의 간접적 폭력이 된다. 한편, 과거의 사건을 소환하는 자리에서 일말의 사과나 반성도 표명하지 않고 오히려 피해자의 태도를 비난하는 조르주의 행위 역시 명백한 폭력에 해당한다. 과거의 폭력을 덮는 이 또다른 폭력에 마지드는 크게 상처받고 결국 죽음을 택한다. 40여 년 전 그(들)의 거짓말에 희생양이 되었던 수탉처럼, 마지드 역시 그(들)의 변하지 않는 기망에 스스로 희생양이 되어 자신의 목을 자른 것이다.

영화 속에 나타나는 프랑스인의 모습은 40여 년 전이나 지금이나 다를 바가 없다. 그때나 지금이나 이들은 보이지 않는 폭력으로 상대를 기만하고, 피해자의 입장에 대해서는 무관심과 외면으로 일관한다. 특히 하네케는 문학토론 프로그램 진행자인 주인공과 그 주변인들의 모습을 통해 프랑스 '중산층-지식인'의 이중적 태도를 문제삼는다. 말로는 온갖 자유의 향연을 즐기면서도 정작 자신들의 과오엔 침묵하고, 문화, 경제, 교육 등 모든 기회를 다 누리면서도 그들이 지배했던 타자들의 고통과 불행에는 눈을 감는 태도에 분노한다. 현대 프랑스 사회의 핵심인 이 중산층-지식인의 철저한 위선이 사회 주변부에 남아 있는 증오의 기억을 더 심화시키고 지속시키는 주요 원인임을 고발하는 것이다.

미디어, 또는 진실을 폭로하는 거짓

영화는 하나의 시선으로 시작된다. 거리 맞은편의 한 주택을 바라보고 있는 비디오카메라의 시선이다. 주인공의 일상을 말없이 지켜보는 이 미디어의 시선은 그를 불안과 두려움으로 몰아가고 그로 하여금 스스로 과거의 행동을 되돌아보게 만든다. 물론 미디어의 시선은 끝까지 그 실체를 파악할 수 없는 미지의 시선이 될 수 있기에 항상 위험을 내포한다. 또 감독이 영화 〈퍼니 게임〉(1997)에서 보여준 것처럼, 미디어는 얼마든지 조작이 가능하며 경우에 따라서는 실재를 대신할 수도 있다. 이 영화 역시 첫 장면부터 미디어 이미지와 실재 이미지 사이의 경계를 지우면서, 언제든 실재를 대체할 수 있는 미디어의 위험성에 대해 경고한다. 영화가 시작되고 3분이 다 되어서야 관객에게 그때까지 보고 있던 것이 영화 속 비디오테이프의 이미지임을 알려주는 것이다.

그런데 감독은 원칙적으로 거짓인 미디어가 때로는 '진실을 폭로하는 거짓'이 될 수 있다고 강조한다. 현실이 미디어보다 더 거짓일 때, 더 치밀한 조작으로 진실을 은폐하고 삭제할 때, 미디어의 시선이 그 내부로 파고들어가 허위의 이면을 들춰낼 수 있다는 것이다. 조르주에게 폭력의 기억을 떠올리게 하고 그의 무책임함과 이기심을 드러나게 만드는 몇 편의 비디오 영상처럼, 혹은 자유의 나라 프랑스의 철두철미한 위선을 끝내 세상에 알린 자크 파니젤의 영화처럼 말이다. 영화를 비롯한 모든 미디어는 하나의 가공물이고 현실인 척하는 가짜이지만, 때로는 그 가공의 시선이 현실의 시선보다 더 큰 진정성과 힘을 얻을 수 있다.

반복되는 폭력의 역사에 대한 완벽한 알레고리인 이 영화는 불행히도 현시점에서 프랑스 혹은 서구 전체가 겪고 있는 또 하나의 사태를 상기시킨다. 표현의 자유를 지상의 가치로 내세우는 문화권과 테러라는 최악의 폭력으로 맞서는 또다른 문화권 간의 갈등이다. 무고한 이들의 생명을 앗아가는 테러 행위는 그 어떤 정당성도 주장할 수 없으며 일체의 재고 없이 엄격하게 심판받아야 한다. 그런데 그곳에서는 정말 표현의 자유가 이루어지고 있는 걸까? 문화적 차이를 무시하면서까지 타인들의 가장 소중한 가치를 조롱해도 무방할 만큼, 자신들의 과오와 치부도 남김없이 드러내 공론화하고 있는 걸까? 어쩌면 이제는 더이상 통제하지 않아도 각자 알아서 '선택적' 표현의 자유, 상대적 표현의 자유를 실천하고 있는 건 아닐까? 그렇지 않고서야 이 끔찍한 악순환이 지금까지 이렇게 되풀이되어올 리 없다.

아무것도 달라지지 않았다

크리스티안 문쥬의 〈4개월, 3주… 그리고 2일〉

"이 나라에서 뭘 기대하겠어요?" 크리스티안 문쥬의 영화 〈엘리자의 내일〉(2016)에서 주인공 로메오는 영화 내내 이 말을 반복한다. 감독의 데뷔작인 〈내겐 너무 멋진 서쪽 나라〉(2002)나 이전 영화 〈신의 소녀들〉(2012)에서도 비슷한 얘기가 되풀이된다. 세월이 흘러도 전혀 달라지지 않는 사회처럼, 감독의 분노와 절망도 변함없이 이어져오고 있는 것이다. 1987년 루마니아 사회를 배경으로 하는 감독의 두번째 장편영화 〈4개월, 3주… 그리고 2일〉(2007)은 그 오래된 환멸의 뿌리를 찾아가는 작품이다. 제목은 영화 속에서 태아가 낙태되기 전까지 한 여성의 자궁에 머물렀던 시간을 의미한다. 영화는 시종일관 냉정한 시선을 유지하면서, 수십 년이 넘도록 사라지지 않는 부패와 불법, 무기력이 어디서부터 비롯되었는지를 묻고 또 묻는다.

악은 진지한 얼굴을 하고 있다

영화가 시작되면 어느 대학 기숙사의 평범한 아침 풍경이 펼쳐진다. 룸메이트인 가비타(로라 바실리우)와 오틸리아(아나마리아 마린차)는 각자 하루를 준비하느라 분주하다. 얼마 후 오틸리아는 시내로 나가 호텔방 하나를 예약한다. 가비타의 임신중절수술을 위해서다. 그런데 친구 소개로 찾아온 불법 낙태 기술자 베베(블라드 이바노브)가 모자란 시술비와 몇 가지 실수를 꼬투리 잡아 두 사람을 협박하고, 심지어 '위험수당'으로 그녀들의 몸까지 요구한다. 돈도, 시간도 부족한 두 사람은 결국 그의 요구를 들어주게 되고, 가비타는 예정대로 시술을 받는다. 저녁에 남자친구 집에 방문한 오틸리아는 남자친구 부모와 지인들의 속물적인 대화에 불편해하고, 남자친구의 우유부단하고 이기적인 태도에도 실망한다. 호텔로 돌아온 그녀는 가비타의 몸에서 나온 태아 사체를 싸들고 한밤중에 거리로 나가 어느 건물 쓰레기통에 버리고 돌아온다.

영화는 이처럼 하루 동안 두 젊은 여성에게 일어나는 일들을 따라가면서, 차우셰스쿠 정권 말기 루마니아 사회의 여러 단면들을 하나하나 끌어내 보여준다. 불법 낙태와 태아 유기라는 충격적인 사건이 영화 한가운데 자리하고 있지만, 그 앞뒤로 묘사되는 현실의 풍경들도 씁쓸하고 암울하기는 마찬가지다. 학생들의 기숙사에서조차 삶의 일부처럼 행해지고 있는 암거래, 평범한 시내 호텔들에서 벌어지는 온갖 불법행위들, 그럴듯한 말들로 위장하지만 철저한 계급의식을 숨기지 않는 상류층, 그리고 굳은 표정으로 황량한 거리를 오가는 시민들 등.

희망이라곤 찾아보기 힘든 한 사회의 부정과 병폐들은 두 여성이 겪는 끔찍한 폭력의 경험으로 모두 수렴된다. 이보다 더 비인간적이고 비참할 수는 없기 때문이다. 당시 차우셰스쿠 정부는 '산업화를 위한 노동인력 증가'라는 명목하에 여성의 낙태는 물론 피임까지 금지하는 전근대적인 인구정책을 강제했었다. 그로 인해 수많은 여성들이 불법 낙태 수술을 받다가 사망했고, 또 수많은 아이들이 부모도 모른 채 길거리에 버려졌다. 이 시기에 여성의 몸은 단지 아이를 생산하는 도구에 불과했고, 그 기능을 제대로 수행하지 못할 경우 엄격한 처벌의 대상으로 전락했던 것이다. 낙태와 태아 유기 등 모든 기능 이탈의 책임은 여성에게 있었고, 그 과정에 수반되는 고통과 공포도 오로지 여성의 몫이었다.

같은 시기에, 남성은 그 공포를 외면하거나 이용했다. 가비타를 임신시킨 장본인은 영화 내내 한 번도 등장하지 않고, 오틸리아의 남자친구도 임신 문제는 자신과 상관없는 일인 양

회피한다. 또 불법 낙태 기술자 베베는 여성들의 공포를 이용해 돈과 성을 착취한다. 명백한 불법이면서도 진지한 표정으로 끝까지 떳떳하다고 강조하고, 두 여성의 몸을 요구하면서도 결코 자신의 입으로 그것을 발설하지 않는 이 남자. 끝까지 당당하고 끝까지 상대를 기만하는 이 낙태 기술자는 바로 국민의 가난과 공포를 이용해 자신들의 욕망을 채웠던 독재정권의 탁월한 알레고리다. 또한 물리적 폭력과 구조적 폭력 그리고 정신적 폭력이 교묘하게 맞물려 돌아갔던 지난 시대의 상징적 기표라 할 수 있다.

목격자 혹은 증인으로서의 인물들

'다큐멘터리적 리얼리즘' 영화로 분류될 만큼, 영화의 전체적인 양식은 사실성과 현장감을 높이는 데 맞춰져 있다. 불필요한 서사적 기제를 제거하고 극적 긴장이나 반전을 자제했으며, 특수한 음향효과나 시각적 효과도 전혀 사용하지 않았다. 또 처음부터 끝까지 현장 로케이션 촬영으로 제작되었고, 호텔방에서 임신중절수술을 하는 장면이나 태아 사체를 비닐봉지에 담는 장면처럼 일반 영화에서는 보기 힘든 장면들을 가감 없이 그대로 보여주었다. 뿐만 아니라, 영화의 주제나 주인공의 내면심리를 암시하는 장치들도 다양하게 활용되고 있다. 가령 영화 초반에 등장하는 작은 어항 속 물고기 두 마리와 길

잃은 새끼 고양이 두 마리는 향후 두 여성이 겪을 상황을 암시하며, 낡고 허름한 건물들이 늘어서 있는 텅 빈 거리 풍경은 인물들의 황폐한 내면을 나타낸다. 남자친구 부모와의 식사 장면에서 오틸리아가 느끼는 불편함과 답답함은 롱테이크와 고정 카메라를 결합한 양식으로 표현되고, 태아를 버리러 돌아다니는 장면에서의 흔들리는 카메라와 사운드업된 거친 숨소리는 인물이 느끼는 두려움과 공포를 극대화시킨다.

아울러 주인공 오틸리아는 영화가 시작해서 끝날 때까지 거의 모든 장면에 등장하는데, 이러한 '고정 외적초점화' 양식은 그녀를 시대와 사회에 대한 목격자 또는 증인으로 만들어준다. 불법과 폭력이 횡행하고 차별과 억압이 만연한 한 사회의 공간들을 두루 돌아다니면서 그 실체를 직접 드러내 보여주는 역할을 맡은 것이다. 감독의 다른 영화들에서도 이러한 목격자-주인공이 극의 흐름을 이끌어간다. 〈신의 소녀들〉에서는 젊은 수녀 보이치타가 수도원 집단의 종교적 맹신이 한 인간을 죽음으로 몰아가는 과정을 지켜보는 목격자 역할을 맡고, 〈엘리자의 내일〉에서는 외과의사 로메오가 딸을 유학 보내는 과정에서 사회 전반에 퍼져 있는 불법과 부패를 몸소 경험하는 증인으로 등장한다.

영화의 라스트신은 목격자이자 증인으로서의 주인공 역할을 더욱 확실하게 부각시킨다. 태아를 유기하고 돌아온 오틸리아는 배고픔을 참지 못해 호텔 식당에 내려온 가비타를 발견하고 그녀 앞에 가서 앉는다. 몇 마디 어색한 대화가 오간 후 가비타는 고개를 숙인 채 메뉴판만 바라보고, 그런 그녀를 말없이 바라보던 오틸리아는 마지막 순간 고개를 돌려 카메라를 정면으로 응시한다. 그러고는 곧바로 암전이 흐른다. 이 예상치 못한 라스트신은 영화의 시점時點을 과거에서 현재로 급격히 이동시킨다. 그리고 단번에 관객을 담론의 장으로 끌어들인다. 아직 아무것도 끝나지 않은 것이다. 체제가 바뀌고 세대가 바뀌어도, 누군가는 얽히고설킨 폭력의 구조 아래서 착취당하고 있다. 또 여전히 악은 평범한 얼굴을 하고 진지한 표정으로 새로운 희생양을 찾고 있다. 감독은 영화가 다 끝나고 나서야 화면 위에 자신의 이름과 영화 제목을 올려놓는다. 끝이 곧 새로운 시작인 것처럼. 혹은, 영화의 이야기는 이제부터 시작이라는 것처럼.

시간은 다른 얼굴로 되돌아온다
네오 클래식 무비 1990~2007

초판 인쇄 2023년 8월 14일
초판 발행 2023년 8월 28일

지은이 김호영
책임편집 이경록 | 편집 이희연
디자인 엄자영 유현아 | 저작권 박지영 형소진 최은진 서연주 오서영
마케팅 정민호 서지화 한민아 이민경 안남영 김수현 왕지경 황승현 김혜원 김하연
브랜딩 함유지 함근아 고보미 박민재 김희숙 정승민 배진성
제작 강신은 김동욱 이순호 | 제작처 상지사

펴낸곳 (주)문학동네 | 펴낸이 김소영
출판등록 1993년 10월 22일 제2003-000045호
주소 10881 경기도 파주시 회동길 210
전자우편 editor@munhak.com
대표전화 031) 955-8888 | 팩스 031) 955-8855
문의전화 031) 955-3576(마케팅) 031) 955-3572(편집)
문학동네카페 http://cafe.naver.com/mhdn
인스타그램 @munhakdongne | 트위터 @munhakdongne
북클럽문학동네 http://bookclubmunhak.com

ISBN 978-89-546-9467-4 03810

www.munhak.com